# マヨナカキッチン
# 収録中！2

森崎緩

JN054417

双葉文庫

CONTENTS

# マヨナカキッチン収録中！ 2

# 登場人物

浅生霧歌《あそうきりか》……『マヨナカキッチン』アシスタントプロデューサー。時短料理が得意。
文山遼生《ぶんやまりょうせい》……番組の出演者。料理の腕前も抜群な俳優。
千賀信吾《ちがしんご》……チルエイトの社長で番組プロデューサー。
千賀絢《ちがじゅん》……信吾の妻。別番組のアシスタントプロデューサーを務める。
土師知彬《どしともあき》……番組ディレクター。仕事熱心ゆえに厳しい一面もある。
恵阪耀《えさかよう》……チーフアシスタントディレクター。入社六年目になる若手の有望株。
古峰蒼衣《ふるみねあおい》……アシスタントディレクター。入社三年目を迎える元気一杯の最年少。
来島次郎《きじまじろう》……カメラマン。野球好きでこの道三十年のベテラン。
郡野流伽《ぐんのるか》……番組に新加入した出演者。人気急上昇中の若手俳優。
向井鈴音《むかいすずね》……文山と郡野を担当する敏腕マネージャー。
青海苑緒《おうみそのお》……かつて文山との間にスキャンダルがあった元女優。
浅生華絵《あそうはなえ》……霧歌の八歳下の妹。

# 第一話

## お疲れ様のオムリゾット

『文山遼生《ぶんやまりようせい》のマヨナカキッチン』は、昨年十月期に関東ローカルで放送されていた深夜の料理番組だ。

料理好きで知られる俳優の文山遼生が東京近郊で地場産の食材を購入し、スタジオのキッチンで料理する。週の初めの憂鬱《ゆううつ》な夜、仕事で疲れて帰ってきた視聴者に美味しい癒しの時間を届けるのが番組コンセプトだった。

今年四月からは第二クールが放送されることになり、タイトルは『ルカと遼生のマヨナカキッチン』と変わる。新たな出演者として人気急上昇中の若手俳優、郡野流伽《ぐんのるか》を迎え、二人体制での再スタートが決まっていた。

その『マヨナカキッチン』を制作しているのが番組制作会社チルエイト、西新宿《にししんじゆく》にある私の職場だ。社員は二十人前後、社長の千賀信吾《ちがしんご》さんは業界歴二十七年になるベテランプロデューサーだ。

私、浅生霧歌《あそうきりか》はアシスタントプロデューサーとして番組に携わっており、番組予算の編成からロケ先の手配、機材レンタル、芸能事務所との交渉、そして収録当日の楽屋セッティングなど多岐《たき》にわたる業務を行っている。チルエイトは制作会社としては小規模で常に人手不足だから、撮影スタッフの手伝いだってするし、時にはもっと雑多な、名前のない仕事も行っていた。

例えば現在、私はチルエイトのオフィスでパソコンと向き合っている。ディスプレイに映し出されているのは番組ホームページの管理画面で、視聴者から届いたメールを検《あらた》めているところだ。

『マヨナカキッチン』第二クールの出演者が郡野流伽と文山遼生の二枚看板だと告知されると、各方面からたちまち反響があった。ネットニュースにもなったし、小さいながらもテレビ雑誌で記事を組んでもらえた。一部地域ながら地方局での放送も決まったことでSNSなどでも話題になっており、第一クールとの違いに驚かされている最中だ。

中でもホームページに設置していたメールフォームには、毎日のように視聴者からの喜びの声や要望が届いている。

『ルカくんのレギュラー化を心待ちにしてました！』

『こっちでも放送あるなんて嬉しいです。お料理するルカくん、楽しみです！』

『何事にも全力で頑張るルカくんが好きです。いろんな顔が観たいです！』

この通り、郡野流伽の人気は留まることを知らなかった。元々は子役として活躍していた郡野さんは、高校時代に一度芸能界を離れたものの大学卒業を機に復帰している。復帰後は線の細い中性的なビジュアルと品のある立ち振る舞い、ふとした時に見せるあどけない表情であっという間にファンを集め、現在ではドラマに雑誌にと引っ張りだこだ。文山さんと同じ事務所というご縁がなければ『マヨナカキッチン』に出演してもらうこともなかっただろう。

「郡野さん宛てのご意見ばかりですね、しかもすごい熱烈」

プリントアウトしたメールに目を通したADの古峰蒼衣《ふるみねあおい》ちゃんが、感心したように唸《うな》る。

来月で入社三年目を迎える古峰ちゃんはチルエイトでも最年少の二十四歳、はきはきした話し方と愛嬌《あいきょう》のある笑顔が素敵な女の子だ。合コンウケを狙ってロングヘアを目指すそうで、現在は伸ばしかけのローポニースタイルなのが可愛い。

「そうだね。郡野さんも喜ばれると思うよ」

第二クール初回のスタジオ収録を明日に控え、私はこれらの意見をファイルにして控室に置いておくつもりでいる。収録に臨む出演者の励みになるよう、好意的なご意見ご要望はできる限りお見せするようにしていた。

しかし、メールフォームの大盛況もいいことばかりではない。

「文山さん宛てのご意見ってこれだけですか？」

古峰ちゃんがそう言って拾い上げたプリントは、たったの二枚だ。

どちらも『マヨナカキッチン』第一クールから観ていた視聴者からのメッセージであり、

一応、文山さんのファンと思しき温かい励ましの文章が綴《つづ》られている。ただその総数は多くなく、郡野さんとの割合は一対九といった塩梅《あんばい》だった。

「他にもあるにはあるんだけど、お見せできない意見も多くて……」

私の答えを聞いた古峰ちゃんが、途端に察したような顔つきになる。

「まだ来るんですね、そういうの」

文山さんには八年前、青海苑緒《おうみそのお》という女優との間にスキャンダルがあった。世間的には三角関係のもつれと報じられた一件では、渦中《かちゅう》の青海苑緒がそのあおりを受けて芸能界を電撃引退してしまった。残された彼女のファンたちが怒りや鬱屈を文山さんにぶつけたくなる気持ちは、全く理解できないわけでもない。

ただ八年も前のことで『もう顔も見たくない』だの『文山は要らない』だの、酷いものになると『文山さんにはよくない黒のオーラが見えます。このままでは郡野さんが危ないです』などとオカルトじみた内容まで、うちの番組宛てにぶつけられても困るというのが正直なところだった。

そういうアンチ的なご意見を文山さん自身に見せるつもりはないし、わざわざプリントアウトはしない。だけどメールチェックをする私たちの目にはどうしても触れるし、そうなるとテンションだって下がる。

「冷めないっすね、ほとぼり。そんな引っ張るネタですかね？」

気の毒そうな声で言ったのはチーフADの恵阪耀《えさかよう》くんだ。

ひょろりと背が高い恵阪くんは原宿《はらじゅく》系ファッションの愛好者で、今日はオレンジと白とピンクのストライプ柄セーターを着ている。社長の千賀さんからは『カラーバーみたい』と評されていたけど、恵阪くんは気にするそぶりもなく笑っていた。いつも明るく朗らかな、チルエイトの次代を担う若手社員だ。

「俺なんて八年前の芸能界がどんなだったか覚えてないのに、文山さんだけ人の心に残りすぎじゃないですか。八年経ったら青海さんのファンも、推し変してもいい頃なのに」

言われてみれば、どういう人が文山さんの降板を望んでいるのかまでは私たちも把握できていない。青海さんのファンか、文山さんのアンチか、あるいはその両方か——八年もの間にその気持ちを煮詰めるように募らせ、より濃厚になってしまったのか、久し振りに文山さんの活躍を見て、当時の怒りを再燃させてしまったのか。そんな人たちにまで配慮しての番組作りはなんとも悩ましいことだ。

「熱心なファンっていうなら文山さんにだっていたんだろ。少数だろうと十分だ」

そう言ったのはディレクターの土師知彬《どしともあき》さんだった。

うねり気味のミディアムヘアに黒いセルフレーム眼鏡がトレードマークの土師さんは、チルエイトに中途入社してもうじき八年になる。眼鏡のフレームは入社したての頃に千賀さんから貰ったもので、以来ずっと大事にして身に着けていた。業界歴では私と同期なので、お互い唯一対等に話せる社員でもある。

「クレームに比べたら好意的なご意見は送るハードルが高いんだよ。そう考えたら、行動してくれるファンがいるってだけでも大きい」

土師さんの言う通り、確かにありがたいことだ。逆風の中でも文山さんを応援しているファンがまだ残っているのだから、そういう人たちのために番組を作りたいと私も思う。

「でも、もう一声欲しいかなって……今のままだと郡野さんと文山さんの差が大きすぎるんだもん」

私が郡野さん宛てのプリントを両手で挟んで掲げると、土師さんも恵阪くんもそのあからさまな差に天を仰いだ。一対九の物量差は印刷するとより顕著《けんちょ》だった。

「SNS探してみるのは？　前に古峰が見つけてくれたのあったろ」

「そっちも見てるんですけど、放送前はなかなか動きがなくて……」

「元々潜ってるファンが多いからね。ファンコミュニティもほとんどクローズドだし」

表立って応援すると批判されていた時期もあったそうで、文山さんのファンはSNSのバイオグラフィにすら明記していない人が多い。気持ちはわかるだけに切ないことだ。

「あとは、掲示板で探すくらいですかね」

悩ましげな顔をした古峰ちゃんが、絞り出すように言った。

「一応、匿名掲示板にも『マヨナカキッチン』スレがあるんですよ。そこで探してみるとか——」

「匿名掲示板？　それは初耳かも」

私が身を乗り出そうとしたのとほぼ同じタイミングで、土師さんと恵阪くんが弾かれたように立ち上がる。

「わっ、待て！　黙っとけって言ったろ！」

「それ浅生さんには内緒にしようって話し合ったやつ！」

二人から口々に言われて、古峰ちゃんもはっとしたようだ。

「あ、あ、そうでした！　今の、聞かなかったことになりません？」

あたふたと私に縋《すが》りついてくるから、そうなると逆に気になる。

「なんで私に内緒？」

聞き返したら古峰ちゃんは一瞬詰まり、それからおずおずと答えた。

「や、その……匿名掲示板なので。いいことばかり書いてるわけじゃなくって……浅生さんならショック受ける可能性もあるかもなって……」

「そんな、心配されちゃうくらいのこと書いてるの？」

私は笑ったけど、古峰ちゃんはにこりともせずに俯《うつむ》く。黙り込んだ彼女に代わって土師さんが釘を刺してきた。

「絶対見に行くなよ」

「そこまで言うほど？」

「警告したからな。傷つくのお前だぞ」

　もちろん私も匿名掲示板の雰囲気を知らないわけじゃない。匿名だからこそ曝《さら》け出せる本音や感情的な書き込みが『マヨナカキッチン』をどのように語っているのか、うっすらと想像もつく。

　でも、古峰ちゃんは失言を悔やむように悲しそうな顔をしているし、土師さんは私が見に行かないと誓うまで引き下がるつもりはないようだった。その上、恵阪くんが取りなすように言ってくる。

「そもそも参考になるようなレスはなかったですから、見に行く必要ないですって！　浅生さんのお時間の無駄になるだけですから！　ね、やめときましょう！」

「う、うん……」

　私はひとまず頷いたけど、むしろめちゃくちゃ気になってしまった。みんなの雰囲気からして、きっと見たら後悔する。でも。

「あ、あの！　ちょっと来てください！」

　迷う私の袖を、古峰ちゃんがぐいっと引いた。

　そのままオフィスの外へ連れ出され、廊下に二人きりになったところで、声を落とした彼女が言う。

「すみません。私が口滑らせたのが悪いのは本当なんですけど、どうか見に行かないでください！」

「そんなに言われるくらいなんだ……」

古峰ちゃんは失言を心底悔やんでいるようだ。大きく溜息《ためいき》をついた。

「土師さんも惠阪さんも浅生さんのことすごく心配してるんです。偶然見つけた掲示板の書き込み見て『これは浅生には見せられないな』『そうっすね』って相談してた時の顔をお見せしたかったくらいです！　もちろん私だって浅生さんがすごく心配なので、是非自衛していただけたらって思います！」

みんなが心配してくれるのは、もちろんとても嬉しい。

だけど怖いもの見たさというのか、好奇心が刺激されて仕方がないのも確かだ。みんなの気遣いを無駄にしてはいけないとも思うけど――。

「そ、そうだ！　浅生さん、こういう時はぱーっと忘れるのがいいと思います！」

必死になっている古峰ちゃんが、思い出したように笑顔を作る。

「そういうわけで近々、合コンとかどうですか？」

「えっ、合コン？」

「はい。予定してたんですけどまだ女子が一枠空いてて……今回ちょっとお堅めの集まりなんで、それなら行かないって子がでちゃって。それで浅生さんどうかなって」

屈託《くったく》のない誘いに対し、私は少し悩んだ。古峰ちゃんには以前にも合コンに交ぜてもらったことがあったし、その時は成果こそなかったものの楽しい時間は過ごしている。

だから断るのは残念だったけど、

「ごめん。今回はちょっと行けなそう」

手を合わせて答えたら、古峰ちゃんもがっかりした顔を見せた。

「あっ、お忙しかったですか？」

「うん。ほら、妹の結婚式も近いし」

「六月でしたっけ？　ああ、それじゃちょっと無理ですよね」

嘘ではない。妹の華絵《はなえ》の結婚式は今年の六月に予定されていて、私も親族として出席することが決まっていた。その準備もあるのは事実だ。

でも、それが理由の全てというわけでもなかった。

「実は今回、都庁職員の男子が来るらしくて」

「えっ……そ、そうなんだ……」

「当たりの合コンかなって思ってたから残念です。来て欲しかったなあ」

公務員の肩書は確かにとても魅力的だ。そもそも彼氏になるかもわからないのに気にすることがあるのだろうか、なんて思いも少しはあるが。

だけどやっぱり、行く気にはなれない。

「私の分まで頑張って、都庁職員捕まえてきて！」

声援を送ると、古峰ちゃんはしっかりと頷いてみせる。

「わかりました！　安定志向の彼氏をゲットしてきます！」


仕事を終えて帰宅して、時刻は現在午後十一時。

私は既にベッドに入っていたけど、眠れぬ夜を過ごしている。

「見るんじゃなかった……」

あれだけみんなから止められ警告されていたのに、結局気になりすぎて見てしまった。どう考えても自業自得だ。私が悪い。

「でもあんなに言うことなくない？　いくら匿名だからって……」

独り暮らしなのをいいことに、声に出してぼやいてみる。そうすると悲しみが薄れるのではないかと思ってみたけど、別にどうにもならなかった。

匿名掲示板では、やはり文山さんをよく思わない人たちがいた。メールでも寄せられていたように、彼の降板を願う声やテレビ局の起用の是非を問う意見などがメールよりもよろしくない言葉で綴られていた。もっと過激に彼の不幸を望む文言もあり、それを戒めた人がテレビ局の自演を疑われる流れなどもあって――さすがにそれ以上を追う気力は起こらなかった。

未だに文山さんを許さない人がいるのはわかっている。だけど文山さんの活躍を望んでいるファンもいるし、彼の作る料理を楽しみにしている視聴者もいた。そういう人たちに『マヨナカキッチン』第一クールは支えられてきたのだと私は自分に言い聞かせて、どうにか目を閉じてみる。

毛布の外で、スマホが小さな着信音と共に振動した。

身体を丸めて縮こまっていた私は、一瞬ためらってから外へ手を伸ばす。明かりを消した部屋でスマホのバックライトが輝き、真っ暗だった室内を急に眩く照らしていた。画面にはメッセージの着信を通知するアイコンが点り、文山さんからだとわかって息を呑む。

『明日はいよいよ収録ですね。久々にお会いできるのが楽しみです。どうぞよろしくお願いします』

あの人らしい、折り目正しいメッセージだ。

「楽しみです、かあ……」

それがどんな気持ちで打たれた言葉なのか、文章からでは摑めない。

ここ二ヶ月ほど、私は文山さんとメッセージのやり取りを続けている。本当にそれだけの関係であり、仕事を離れて会ったこともなければ電話をしたこともない。当然ながら付き合っているわけでもないし、交際を申し込まれたりもしてない。マッチングアプリならぼちぼち会いましょうと言われる頃合いなのに——そんな経験も一度しかないけど。ともかく文山さんは何度やり取りしても、そんな誘いをしてこなかった。

ただ、『いつか二人で料理がしたい』と言われた。

彼氏ができたわけでも、ましてや結婚の予定が立ったわけでもない。ただ文山さんにそう言われただけなのに、私は婚活も彼氏探しもやめることにした。これは別に彼がどうこうというわけではなくて、単にやめ時を欲していただけだ。この関係が特に進展もなく終わったとしても、それはそれでいいと思いつつ、私は文山さんに返信を送っている。

しかし、今夜はなんて返そうか。正直に伝えるわけにはいかないし、眠れぬ夜を過ごしていることを知られて心配を掛けるのも悪い。嘘にならない程度に『私も明日に備えてこれから寝るところです』みたいな文面を送っておこうかな。

そして明日の仕事のために、頑張って眠りにつかないと。


婚活、及び彼氏探しをやめた件については、話しておかなければいけない人がいた。

チルエイト社長の千賀さんだ。以前、結婚願望が高まっていた頃に『誰かいい人がいたら紹介してください』とお願いしたことがあり、千賀さんは頑張って探してくれているようだと奥様である絢《じゅん》さんが言っていた。しかし今となっては断っておかなくてはならない。

私はその経緯を絢さんに話すことにした。チルエイト社員でもある絢さんと、たまたま始業前のロッカールームで会うことができたので、早速切り出すことにする。

「絢さん、実は折り入ってお話が……」

私が千賀さんへの伝言を頼むと、絢さんは喜びに顔を輝かせる。

「じゃあ、いい人見つかったんだ？　おめでとう！」

「いいえ、それがそういうことではなくて――」

その人とは結婚をする予定もなく、しかし今後千賀さんに誰かを紹介されても困る、という状況だ。私がかいつまんで流れを話すと、絢さんは不満そうに唇を尖らせる。

「ずっと文のやり取りだけ？　古風なお付き合いだね」

「というか、付き合ってもいないんです」

「『好きだ』ってはっきり言われたりは？」

「それもないです。本当に、連絡取り合ってるだけで」

言われたのは『二人で一緒に料理を作りたい』と『連絡先を教えて欲しい』くらいのものだった。でもただ料理好きな趣味仲間が欲しいというだけであんなにマメに連絡はくれないだろう。だから私は合コンも、千賀さんの紹介も断ることに決めたのだ。

「信吾さんに伝えるのは構わないけど。浅生はいいの？」

「はい、よろしくお伝えください。今まで探してくださったことへのお礼も合わせて……本当は直接言えたらいいんですけど、なんというか、確定事項じゃないのにご報告するのも気が引けて」

きっと千賀さんも私の話を聞いたら絢さんみたいに喜んでくれるだろうし、だけど詳細を知ればやっぱり心配されてしまうはずだ。千賀さんに報告するのはいいニュースだけにしたい。

「確定事項じゃない相手、ねえ……」

絢さんが見定めるような鋭い眼差しを向けてきて、私もこっそり気を引き締める。

この打ち明け話には、絶対に知られてはならないポイントがあった。

相手が文山さんだという事実だ。

「ぶっちゃけ、その人のこと好きなの？」

その質問には私も思わず額を押さえる。

「好きかと言われると難しいんですよね……もちろん嫌いじゃないですし、尊敬できるところもあるんですけど」

「恋愛対象としては見たことない感じ？」

「ええ、まあ……」

もっともこの場合の『ない』は、興味がないのとは違う。

文山さんは私が初めて好きになった芸能人であり、二十代の頃には『こんな人が彼氏だったらなあ』などと妄想していたことすらあった。今だって憧れの気持ちは完全に消えてしまったわけではない。三十七歳になった文山さんは若い頃からの整った顔立ちはそのままに、培《つちか》ってきた経験、あるいは背負ってきた苦労を積み重ねてより脂の乗ったタレントになった。笑顔の爽やかさは変わらないのに滲《にじ》み出る色気はいや増し、この人と仕事ができることを私は大変な役得だと思っている。

でも文山さんが三十七になったように、私も三十五歳になり、そして今はテレビ業界に身を置いていた。憧れだけがあった若い頃とは違い、芸能人と付き合うことのデメリットをいやというほどわかっている。まして文山さんには青海苑緒とのスキャンダルという前例もあり、ほとぼりが冷めたと思ったら今度は番組スタッフに手を出したか、などとわかったふうな記事を出されれば、彼は再び深く傷ついてしまう。

せっかく『マヨナカキッチン』が軌道に乗ってきた今だからこそ、私が下手なことをして文山さんのキャリアを台無しにしたくはない。

「私も今は仕事が順調なので、結婚願望も以前ほどではなくなってて。彼氏を作ってる暇も惜しいくらいで、そんな折に『連絡取り合いたい』って言われたら、乗ってみようかなという気になっちゃいまして」

これまでも相談に乗ってもらってきた絢さんに、ざっくばらんに本音をぶっちゃけてみた。相手が文山さんだと知ったらおこがましいと叱られそうなものだ。

でも何も知らない絢さんは、女神のように穏やかな笑顔で頷いた。

「『マヨナカキッチン』、絶好調だもんね。そりゃ私生活まで構ってられないか」

「そうなんです」

「浅生がそう決めたなら全然いいんだけど」

絢さんはそこで、少しだけ心配そうな顔をする。

「約束のない関係って結構しんどいものだからね。辛くなったら、ちゃんと考えた方がいいよ」

「わかってます。私もその人には幸せになって欲しいので、いい加減なことだけはしないつもりです」

私は文山さんにかつての栄光を取り戻してもらいたかった。八年前のスキャンダルも掻き消えるほど『マヨナカキッチン』に人気が出て、文山さんに俳優としての仕事が戻ってきたらいい。かつてのファンとして一番に望んでいることはそれで、付き合いたいとか結婚したいとかは二の次だ。

そもそもタレントさんと番組制作会社の付き合いは、あくまで番組限りが常だった。親しくなって連絡先を交換しても、なかなかプライベートの交友にまで発展することはない。テレビ局員と違って仕事のコネも弱めだから付き合ったところでメリットもないだろう。

だから文山さんとも『マヨナカキッチン』が続く限りの関係かもしれない、その覚悟は持って接するべきだろう。その上で、連絡を取り合っている間はちゃんと彼に向き合いたいと思う。

「幸せになって欲しい人、か」

驚いた様子で繰り返した絢さんが、優しい声で続けた。

「その気持ちが『幸せにしたい』に変われたらいいんだろうね、きっと」

それは恋愛、あるいは結婚における最大の答えだろう。幸せにしたいから傍にいる、一緒にいる。そう思える相手は愛する人と呼んでもいいはずだった。

ただそういう関係を、少し荷が重いと感じてしまう私がいる。相手が文山さんだからというわけではなく、これまでに出会った中で、私が幸せにしたいと思えるほどの人はいなかったからだ——たった一人、妹の華絵を除いては。妹にならどれだけ甘えられても頼られても寄りかかられても構わないけど、恋人となるとそこまでは頑張れないし支えられない。

私が押し黙ったからか、絢さんは労わるような口調で聞いてきた。

「どんな人なの？　その彼」

「ええと——実は、まだよく知らなくて」

「さっきの言い方だと、長い知り合いなのかと思ったけど」

「そうでもないんです。プライベートなことは聞けてないですし」

公にされている情報ならよく知っている。文山遼生は本名で、東京都出身、七月十七日生まれの蟹座、血液型はＡＢ型。身長は百八十四センチ。中学、高校と陸上部に所属しており、男子五千メートルで都大会出場経験もある。大学時代に姉の勧めで事務所のオーディションを受け、映画俳優として在学中にデビュー。趣味は料理で自らレシピを考案するほど。大学では英米文学を専攻し、中学校の英語科教員免許を取得している――この辺りは事務所のプロフィールやタレント名鑑にも載っているから、私も資料として読んでいた。

でも逆に言えば、プロフィールに書かれていないことはほとんど知らない。

答えに窮《きゅう》した私を見て、絢さんは不意にいたずらっぽい笑みを浮かべた。

「相手、誰なの？　私の知ってる人？」

「それは内緒です」

これればかりは言えない。たとえ相手が絢さんでもだ。

「気になるなあ。仕事で知り合った人なんだよね？」

「――な、内緒ですってば」

背筋がひやりとする。どうしてわかったんだろう。

「さっき、『プライベートは知らない』って言ってたじゃない。ってことはパブリックな一面は知ってるってことでしょ？　なんか簡単に縁が切れない相手みたいな言い方もしてるし」

少ないカードからも的確に真実を見抜く絢さんは、もしかすると名探偵の素質があるのかもしれない。もちろん私も自白などできないので、ここは頑《かたく》なになるしかない。

「黙秘します」

「これだけは教えて。年上？　年下？　同い年？」

「言いませんから！　これ以上聞くの禁止です！」

「仕方ないなあ。じゃ、結婚するときは教えてね」

　必死に抵抗する私を見て、絢さんはくすくす笑った。いつかそうなる確信があるみたいな口ぶりにも聞こえたけど、こちらにはそんな予感すらまだない。

　もちろん結婚をしたくないわけではないものの、合コンやマッチングアプリは向いてないと痛感したたし、かといって文山さんと結婚するなんてとてもじゃないけど想像がつかない。要は手詰まり状態だったけど、仕事が順調な今、プライベートについて悩む暇はない。だからまずは現状を楽しむことに決めている。


　本日の収録は午後三時スタート予定だった。

　チルエイトのスタジオには窓がないから、時刻や天候の影響を受けずに撮影ができる。朝だろうと昼だろうと深夜だろうと、出演者の都合に合わせて収録スケジュールが組めるのが利点だ。お蔭でうちで録《と》る大体のバラエティー番組は収録開始時刻がまちまちだった。

「郡野さん、ドラマ撮影の後にいらっしゃるんですよね」

　段ボール箱を抱えた惠阪くんが、楽しげに声を弾ませる。箱の中身はミネラルウォーターで、五百ミリリットル二十四本入りを軽々と運んでくれてとても助かる。

「うん。間に合わせるって仰ってたけど、多少の遅れは想定内かな」

私は私で雑貨類の詰まった段ボールを運搬中だ。中身はティッシュやウェットティッシュ、綿棒にコットンなどで、これらも控室に用意する備品だった。収録前に自分でメイクをするタレントさんもいるし、そうでなくても仕事前後の時間を居心地よく過ごしてもらうためにいろいろ用意しておかなくてはならない。『マヨナカキッチン』では出演者が二人いるから二部屋分だ。

控室のドアにはそれぞれ楽屋貼りを掲示済みで、『文山遼生様』『郡野流伽様』と記してある。そのうちまずは文山さんの方の控室を開け、恵阪くんと二人で荷物を運び込んだ。まだ空っぽの室内にペットボトルやティッシュなどを並べていく。

「日に日にお忙しくなってますよね。ドラマでも準主役じゃないですか」

恵阪くんはミネラルウォーターを取り出しながらそう言った。テーブルの上と冷蔵庫の中、両方に置いておくのが決まりだ。タレントさんの中には冷えたものよりも常温の水を好む人がいるからだ。

「学園ドラマらしいよね。まだ内容までは確認してないけど」

私も鏡の前にティッシュなどを並べながら応じる。

郡野さんの出演作は既に夏からの放送が決まっており、情報公開もされている段階だった。人気男性アイドルと人気女優のダブル主演で、他にも売り出し中の若手俳優が多数出演するらしく、放送前から既に話題を集めているようだ。もちろん郡野さんの名前も目玉の一つとして挙げられている。

「ヒロインの幼なじみ役で、一途な片想いをする役どころらしいですよ。主演二人の間に波風を立たせてすれ違いの三角関係に陥るとか！　そういうキャラって振られるのわかっててても応援しちゃうんですよね！」

いきいきと熱弁を振るう惠阪くんがなんだか意外だった。

「惠阪くん、恋愛ドラマとか観るんだ？」

チルエイトはバラエティー番組や情報番組の制作が主だ。私自身がそうだというのもあるけど、他の社員にもドラマよりバラエティーが好きな人が多いのかと思っていた。もちろん作りたい番組と観たい番組が同じである必要はないけど。

「まあ、少しは観ますよ」

恥ずかしそうに答えた彼が、すぐに勢いづいて続ける。

「郡野さんの出演作なら興味ありますって。子役時代以来ですし」

「そう言えば、私もそうかも……」

子役時代の郡野さんは、文山さんと共演していることもあって観たことがある。しかし近年の郡野さんはその抜群の存在感と自然な演技で人気を博しているそうなので、そこは私も興味が湧《わ》いた。

「浅生さんは恋愛もの観ない派ですか？」

「恋愛っていうか、ドラマ自体あんまり観ないなあ」

私は根っからのバラエティー畑だから、オフの日に観る番組もバラエティーばかりだ。他社が作る番組を観ておくのも勉強になるし、そもそも好きなジャンルでもある。

対してドラマは制作現場に関わったこともないし、縁遠い。チルエイトにドラマ撮影班があれば携わる機会もあったのかもしれないけど、現状うちは『マヨナカキッチン』のバラエティー班と、絢さんたちが担当している情報番組班しかない。

「でも郡野さんが出るなら観てみようかな」

「ですよね！　浅生さんも一緒にときめきましょうよ！」

どうやら恵阪くんは恋愛ドラマが相当好きなようだ。そういえば華絵も恋愛ものが好きで、よくハードディスクの容量を録りためたドラマでいっぱいにしていたな。私が微笑ましく思った時、軽快な足音とポリ袋のがさがさいう音がこちらに近づいてきた。

「浅生さん、ゴミ袋持ってきました！」

控室のドアが開き、古峰ちゃんが元気よく飛び込んでくる。さっきスタジオでゴミ箱を用意していた彼女に、こっちにも持ってきてくれるよう頼んでおいたのだ。

「ありがとう、古峰ちゃん。スタジオの準備はどう？」

「大体済みました。あとはもう、演者さんの入りを待つだけです」

私の問いに答えながら、古峰ちゃんは控室のゴミ箱にも袋をセットする。そのてきぱきとした働きぶりには全く頭が下がる思いだ。

恵阪くんと古峰ちゃんが来てくれたお蔭で、楽屋準備もすっかり整った。メイクその他に必要な雑貨は全て揃っているし、テーブルの上には飲み物も軽食もある。文山さんは本番前後には消化のいい食べ物をリクエストしているので、本日は麩菓子《ふがし》と卵ボーロという渋めのチョイスにしてみた。必要であればここにお弁当を置いておくこともあるけど、今日は夕方までの撮影なので要らないだろうと判断していた。

「二人とも、助かったよ。手伝ってくれてありがとう」

改めてお礼を言うと、恵阪くんも古峰ちゃんも揃っていい笑顔を浮かべてくれる。

「いいんですよ！　暇してましたし」

「午後収録だと余裕あるんで、ちょうど手も空いてたんです」

その言葉も事実ではあるのだろうけど、私は『マヨナカキッチン』スタッフの練度の高まりも感じていた。みんなこの仕事に慣れてきたようだし、いい感じに連携も取れている。その順調さが士気にも影響しているのか、このところ現場の雰囲気も実にいい感じだった。

「技術打ち合わせなんてもう一時間も前に終わったらしくて、来島《きじま》さん、持て余してましたよ」

古峰ちゃんは思い出し笑いをしながら教えてくれた。

「『時間あるからペナントレース予想するぞ！』って言い出して、千賀さんもノリノリで順位考え始めて。土師さんは巻き込まれたくないからってずっとモニターチェックしてて。私は『浅生さんに仕事頼まれてたんで』って逃げ出してきたんです」

「楽しそうでよかった」

持て余してはいるようだけど、今日も現場の雰囲気は悪くないようだ。ひとまずほっとする。

カメラマンの来島次郎さんはチルエイト設立当時からの古株社員で、撮影技術に関しては社内でも右に出る者はいない。ただカメラと同じくらい野球を愛している人でもあり、何かというと野球の話をしたがるのが玉に瑕《きず》だった。そして千賀さんも野球ファンなので、二人揃うと話に花が咲き乱れてしまう。

「そろそろ入りの時間かな。ペナント予想の最中で悪いけど――」

私が腕時計を確かめようとした時だった。

ポケットの中でスマホが震え出す。発信元は『向井《むかい》さん』――向井鈴音《すずね》さん。文山さんと郡野さんのマネージャーだ。

「向井さんだ。ちょっと出るね」

惠阪くんと古峰ちゃんに断って、私は電話に出る。

『──お世話になっております。向井です』

聞こえてきた向井さんの声は、挨拶の時点で実に申し訳なさそうだった。いつも毅然《きぜん》としている理知的な女性だけど、最近は忙しいのか、疲れた声をしていることも多い。

『実は郡野の前の仕事がまだ終わっていなくて、そちらの入りがちょっと遅れそうなのですが……』

「ああ、そうでしたか。それならこちらで調整いたしますよ」

正直、予想はしていた。向こうの撮影は港区のテレビ局だから、時間通りに出られても西新宿まで道が混んでいることもあるかと余裕を持ったスケジュールにしてあったのだ。

「それで、どのくらいのお時間になりそうですか？」

私が聞き返すと、向井さんは更に言いにくそうな口ぶりで答える。

『そうですね、あと三時間ほどになるかと……』

ちょっと遅れそう、という言葉では控えめかな、と思った。


「三時間⁉」

スタジオで私の報告を聞いた土師さんは、さすがに面食らった様子で呻《うめ》いた。

「ってことは入りが十七時、収録始められるのは十八時か？　なんだってそんな……」

「向こうの収録が押しに押してるんだって。出演者が多いから大変みたい」

要は役者が多い分、ＮＧも多ければ演技指導に取られる時間も多くなっているらしい。短期集中で収録をするドラマの、しかも今回はドラマ初出演の面々も揃ったフレッシュな現場ゆえ、撮影に慣れていないことも一因のようだ。

幸か不幸か、件のドラマの撮影現場も現実時間や天候の影響を受けないスタジオ内セットだった。だからその気になればいくらでも収録を延長させることができる――後に控えた私たちには困ったことだけど。

こちらのスタジオだってすっかり準備は整っていた。カメラ位置も照明の配置も決まり、キッチンセットには出道具の調理器具や調味料が並べてある。スタッフ用のインカムや出演者用ピンマイクは充電を終えていつでも着けられるようにしてあるし、ディレクター卓のモニターＰＣもスタンバイ状態で出番を待っていた。

「浅生、向井さんは確実に三時間遅れで来られるって？」

千賀さんのその質問は非常に的確だった。私もそれを言おうと思っていたのだ。

「いえ、もしかしたらもっと掛かるかもしれないからと謝っておいでてでした」

「おいおい、それだとセパ両リーグの予想ができちゃうぞ！」

「それどころかメジャーリーグの予想だってできますよ」

来島さんの冗談――多分、冗談をあしらった土師さんが、心配そうに眉を顰《ひそ》めた。

「むしろ大丈夫なのか、郡野さん。向こうの現場は早朝入りだって聞いてるけど、体力持つか？」

「私もそれ気になって、聞いてみたんだけど」

あちらの撮影は午前五時に開始したとのことだった。郡野さんも若いとはいえ、これだけの長丁場の後で『マヨナカキッチン』の収録をするのはさすがに大変だろう。だから念のために別日の収録に変更する可能性も尋ねてみたけど、向井さんはきっぱりとそれを否定している。

――必ず、今日中に伺います。

「うちの収録も『今日で終わらせたい』って、向井さんは仰ってて。もう郡野さんのスケジュールが当面いっぱいだから、別日にすると調整難しくなるって」

私がそう続けると、その場には落胆の空気がさざなみのように広がる。溜息をつく人、肩を落とす人もいて雰囲気は一気に盛り下がった。

「古峰、悪いけどデカスケ書き換えといてくれ」

「は、はい！」

土師さんの言葉に古峰ちゃんは貼り出されていたデカスケジュールに駆け寄る。そこに記された収録開始時刻も、全て修正してしまわなければならない。

「郡野さんしばらく掛かるって。一旦バラシだ」

来島さんはカメラアシスタントに指示を出し、既にセッティングが決まっていたカメラやケーブル、収録メディアを一旦しまわせている。

「厳しいですね。こっちは一発撮りでもないとてっぺん回るんじゃないですか」

恵阪くんがキッチンセットの出道具を片づけながら、憂鬱そうに言った。

あちらが押せば押すだけうちは巻き進行を迫られるだろう。私も気が気ではなかったけど、それを千賀さんはやんわりとたしなめた。

「仕方ないよ。全国放送の話題のドラマが相手じゃ、深夜のローカル番組は譲るしかない。スタンバイだけしておいて、郡野さんが来られたらすぐ対応できるようにしてお待ちしよう」

さすがはベテランのテレビマン、焦るそぶりが一切ない。業界歴二十七年は伊達ではなく、いつでもどっしりと構えているし決断力にも長けているのがうちの社長だ。一昨年に病気をして以来ずいぶん痩《や》せてしまった千賀さんだけど、番組制作に向ける情熱は衰えていない。

私もかくあらねばと肝に銘じていると、その千賀さんが私に水を向けてきた。

「ところで、文山さんは？　もういらっしゃってるんだろ？」

「はい。先程お見えになって、今は控室に」

恐らく文山さんにも向井さんから連絡は行っているだろう。今から三時間待機も酷な話だけど、『マヨナカキッチン』は文山さんと郡野さんの二人が揃わなければ始まらない。

「改めて収録開始時刻をお知らせしてきます」

私がそう続けると、千賀さんは憂鬱さを吹き飛ばすように微笑んだ。

「じゃあついでに、夕飯の注文も聞いてきてくれないかな。どうも必要になりそうだ」

控室に置いてある水やお菓子、あるいは雑貨などと同じように、収録中に必要となる食事もまた現場――この場合はチルエイト持ちになる。つまりお弁当が要らない収録はその分の費用が浮くし、逆もまた然りだ。つまり収録スケジュールが押せば押すほど経費も掛かる。

「ああそれと、コーヒーとエナジードリンクも多めに買っておこう」

言い添えた千賀さんが、心配そうに続けた。

「遅い収録になると眠くなるスタッフもいるだろうから――郡野さんにも必要になるかもしれないしな」


「失礼します」

ノックの後に控室へ入っていくと、文山さんはソファーに座って何か書き物をしていた。ノートにペンを走らせていた彼が、顔を上げ私を認めた瞬間に微笑んだ。

「浅生さん」

優しい声で私の名前を呼んだ後、用向きを察しているのか気遣わしげに言った。

「向井から連絡が行きましたか？」

「ええ。三時間押しと伺いました」

「ご迷惑をお掛けしてすみません。向こうも慣れない現場みたいで……」

「そんな、文山さんに謝っていただくことじゃないですよ」

文山さんは心底申し訳なさそうにしていたけど、こちらとしてはこれから三時間待ってもらうことの方が申し訳ない。既に白いコックコートに着替え、メイクやヘアセットも終えているようだ。

「文山さんこそ、更にお待ちいただくのも大変でしょう？」

私の問いに、文山さんは穏やかな口調で答える。

「いえ、こういうのも慣れてますから。時間があればあったで、やりたいこともありますし」

そして、きれいな字が並ぶ手元のノートを指し示してみせた。

「新しいレシピを考えていたんです。今後に向け、テレビ映えするメニューをもっと増やせないかと」

文山さんは私が見やすいようにノートを傾けてくれた。確かに『ワンプレートで彩りがいい主食レシピ』とか『珍しい調味料を最後まで使い切るレシピ』などのテーマごとにいくつかメニュー名が記されていて、簡単なレシピも綴られている。

「郡野にも作りやすいように、工程も少なめにしようと考えているんです。それともう少し目新しさも欲しいなと試行錯誤《しこうさくご》しているところで」

はにかみながら語る文山さんは、『マヨナカキッチン』で作る料理のレシピを全て自身で考えていた。もちろんフードコーディネーターの監修は入っているものの、既に二クール放送分のレシピは出揃っていて、番組への貢献度は計り知れない。その上で料理初心者である郡野さんへの配慮もしてくれているのだから、全く頭の下がる思いだった。

「研究熱心なんですね、さすがです」

私が感心していると、文山さんは興味深そうな目を向けてくる。

「浅生さんは、ご自分でレシピを考えたりなさらないんですか？」

「私の場合はレシピを考えるというか、いかに時短できるかを考える方が多いので……」

普段から疲れて帰っても作れるような簡単、かつすぐできるメニューばかり作っていた。既存のレシピを見てもどこを時短できるか、手を抜いても大丈夫かばかり考えてしまうので、一からメニューを考案することはまずない。文山さんの勤勉さとは真逆の料理生活である。

そんな私に、文山さんは言った。

「できたら、浅生さんからも何かアドバイスをいただきたいです」

私なんぞが料理のアドバイスなど恐れ多い。だけど文山さんは期待の眼差しで見てくるし、そうなるとむげにもできない。

「そうですね……レンチンのみで作れるレシピがあってもいいかなと思います」

「レンチン？　ええと、電子レンジ調理ってことですか？」

「ええ。火を使うのも億劫な時とかあるじゃないですか。その場合はレンジだけで完結するメニューにします。リゾットとかパスタとか、ピラフとかもいけますよ」

もっとも、文山さんにそんな時があるかどうか。

私には大いにあるので、レンチン調理は生涯の友だ。

「この間は焼きビーフンを作ったんですよ。焼いてないので厳密には『レンチンビーフン』ですけど……結構おいしくできたのでお薦めです」

「レンチンビーフン。それは興味がありますね」

意外にも興味を引いたようで、文山さんが身を乗り出してきた。

「よかったら作り方を教えてもらえませんか？」

「あ、じゃあ後でレシピをお送りしますよ。文章にした方がわかりやすいですよね」

せっかく連絡先を知っているのだからその方が手っ取り早い。文山さんが実際にレンチン料理を試す姿はあまり想像がつかないけど、それはそれで面白い画になりそうだと思う。

文山さんは自宅でどんなふうに料理をするのだろう。独り暮らしなのか、都内出身だから実家暮らしかもしれない。プライベートな部分は全く想像もつかない文山さんと、生活感たっぷりのレンチンビーフンは異色な組み合わせに思えて仕方がなかった。

「ありがとうございます。よろしくお願いします」

文山さんから丁寧なお礼を言われたところで、私はやっと控室へ来た本来の目的を思い出す。つい脱線してしまったけど、そういえばお弁当の件を尋ねに来たんだった。

「ところで文山さん、お夕飯ってどうされます？　ちょっと遅くなりそうなのでお弁当を頼もうかと思っているんですけど、いかがですか？」

文山さんは控室の壁掛け時計に目をやる。時刻は午後四時になろうとしていた。

「お願いします」

私は持参したタブレットから、候補となるお弁当屋さんを数軒ピックアップして文山さんに見てもらう。和食、中華、カレーにイタリアンと豊富なラインナップだったからか、文山さんは困り顔で私を見上げた。

「悩みますね……浅生さんのお薦めはなんですか？」

「私はカレーが好きですね。うちで一番人気のお店なんですよ」

「じゃあ、俺もカレーにしようかな」

まるで少年みたいに声を弾ませ、文山さんは改めてカレー屋さんのメニューを眺める。

そしてホウレンソウのカレーを選んだ後、ふと気がついたように尋ねてきた。

「お弁当は、この控室でいただくことになりますか？」

「はい、ここまでお持ちしますよ」

「皆さんはどちらで？　一人だと寂しいので、もしよかったらご一緒したいのですが……」

それは第一クール当時の文山さんからはまず出てこなかった申し出だろう。私は虚を衝《つ》かれ、配慮の足りなさを恥じつつ、すぐに力一杯答えた。

「ぜひぜひ！　みんなも喜ぶと思います！」


午後五時を過ぎたところで、向井さんから再び連絡があった。あと一時間で先方のスタジオを出られそうだという連絡に、私たちはとりあえず早めの夕飯を取ってしまうことにする。

チルエイトの休憩室にはスタッフ一同、そして文山さんが集まり、各々が注文したお弁当を食べ始めた。やっぱり人気のカレー率が高い。

「いつ郡野さんが入られてもいいように準備しておかないと」

一番そわそわと落ち着かない様子でいるのは土師さんだ。ディレクターとしては収録の先行きは当然気になるようで、先程から時計ばかり確認している。

それが伝染したみたいに、古峰ちゃんも慌ただしくカレーを口に運んでいた。

「せっかくの美味しいカレー、もっと落ち着いて味わいたかったです」

「収録後には文山さんの料理が食べられるんだからいいだろ」

「それは確かに楽しみですけど」

料理番組で作られた料理を実際に味わうことができるのは、収録に参加したスタッフの特権だ。もっともそれほど大量に作るものでもないから、いつも撮影班のみんなで味見をする程度で私まで回ってくることはまずない。

「向井、大丈夫そうでした？」

文山さんが、向井さんからの連絡を受けた私にそう尋ねた。せっかく着た衣装は一旦脱ぎ、今は私服でカレーを食べている。

「すごく謝っておいでした」

マネージャーの向井さんは三十一歳と私より年下だけど、ずっとしっかりした女性だ。高めに結い上げたポニーテールを揺らしてきびきびと歩き、クールな表情で仕事をこなす。

しかしその向井さんが、先程の電話の声では疲労困憊していた。繰り返し謝られて、むしろこちらの胸が苦しくなったほどだ。同時にあちらの現場の難航ぶりも窺《うかが》え、ただただ気の毒だった。

「向井さんの責任じゃないのに、大変ですよね」

恵阪くんの同情的な言葉に、文山さんはためらいがちに応じる。

「そうは言っても、チルエイトの皆さんにご迷惑をお掛けしているのは事実です。向井もあれで意外と気に病む質《たち》なので、必要以上に落ち込まないで欲しいとは思いますが……」

マネージャーを案じる気持ちもあれば、同じ事務所の人間として庇《かば》いすぎるわけにもいかないという判断もあるのだろう。文山さんの物言いはなんとも複雑そうだった。

私もAPをやっているからスケジュール調整の難しさはよくわかるし、例えば撮影班がロケ先への到着が遅れそうになった時などに謝罪の連絡を入れるのも仕事のうちだ。向井さんの苦労には共感せざるを得ない。

「まあ、こういった遅れはどこの現場にもあるものですから」

消化のいい中華粥を食べている千賀さんが、文山さんに対して優しく笑んだ。

「うちが頑張って手早く収録を終わらせれば、向井さんだって気に病まずお帰りになれるでしょう。幸いうちは精鋭が揃ってますから」

自信たっぷりに言ってのけた後、千賀さんは土師さんの方を向く。

「なあ土師。一発OKでいけるよな？」

「もちろんです！」

いつになく威勢よく土師さんは答えた。隣で古峰ちゃんが目を剝《む》くほどの素直さだった。

それで千賀さんは満足そうにし、文山さんも口元をほころばせる。

「助かります、よろしくお願いします」

もちろん私も千賀さんの言葉に異存はない。今夜の収録を無事済ませて、向井さんにも郡野さんにも、そして文山さんにも終わりよければ全てよしという気持ちで帰ってもらえたら、と思う。

ともあれ文山さんに笑顔が戻り、張り詰めていた休憩室の空気もいくらか和んだようだ。みんなも食事のスピードを少しゆるめ、軽い雑談をする余裕も生まれた。

「文山さんは学生時代、スポーツをされていたと伺いましたが」

珍しく、来島さんが文山さんに話しかける。

「ええ、高校まで陸上を。来島さんも鍛えていらっしゃるようですが、何かされてるんですか？」

「私は野球をやっておりました。未だに休みの日は草野球に通ってるんですよ」

「野球、とてもお好きなんですね」

文山さんは感心した様子で来島さんの身体つきを眺めた。筋骨隆々、という表現がしっくりくる来島さんは、その立派な筋肉で十キロ近いＥＮＧカメラも余裕で持ち運ぶし、五メートル超のポールカメラだって安定させて撮影することができる。

「大好きです。文山さんは野球お好きですか？」

その質問が放たれた瞬間、休憩室には先程までとは違う緊張が走ったように感じられた。私も含めてほぼ全員が一斉に食事の手を止め、事の成り行きに耳を澄ませる。千賀さんだけは口を挟んだ方がいいか迷うように目を泳がせた。

ぴりつく空気に気づいたかどうか、文山さんはにこやかに答える。

「好きですよ。高校野球はよく観ます」

誰かが深い溜息をついたけど、それをかき消さん勢いで来島さんが食いついた。

「文山さんもお好きですか！　いや、野球はいいですよね、人生の縮図ですからね。野球好きな人に悪い奴はいないといいますし！」

「え……ええ……」

アマゾン川のピラニアもかくやという食いつきぶりに、さしもの文山さんも戸惑いを見せる。困らせてはいけないと、私は慌てて割り込んだ。

「来島さん、そのくらいにしましょう。文山さんが困っちゃいますよ」

「野球の話をし出すとめちゃくちゃ長いですもんね。駄目っすよ来島さん」

恵阪くんが続けると、来島さんは心外そうな顔をする。

「ちょっと時間あるし、文山さんと野球の話したかったのに……」

「絶対ちょっとじゃ終わんないじゃないですか。さっきだって、待機だからってずーっとペナントレースの話してましたし。私が控室の準備手伝いに行って、その後スタジオに戻ってきた後もまだ盛り上がってましたよね？」

更に古峰ちゃんからも指摘された来島さんは、悲しそうな顔でぐっと詰まった。それから駄々《だだ》をこねる子供みたいな口調で主張する。

「でもでも、千賀さんも一緒に盛り上がってたし！　俺だけじゃないもん！」

「来島、付き合いの長い仲間を売るのか⁉　僕を巻き込むことないだろ！」

「仲間ならむしろ庇ってくれよ！　なんで他人事みたいな顔してんだよ！」

いい大人二人がわいわいと責任の押し付けあいを始めたので、私はだんだん恥ずかしくなってきた。しかも片方は我が社の社長である。さっきはすごく格好よかったのになあ、千賀さん。

幸い、文山さんは大人たちのじゃれあいをおかしそうに微笑みながら眺めていた。それこそ小さな子を見守るような優しい眼差しだったので、それならいいかと思っておく。とりあえずこの隙にカレーを食べてしまおう——そう思った矢先、私の手元でスマホが鳴った。

発信元は向井さんだ。

『タクシー乗りましたので今からそちらに伺います。大変お待たせいたしました！』

悲痛さすら滲んだ早口の謝罪が聞こえてきて、私はあえて穏やかに応じる。

「いいえ、お待ちしておりますので、気をつけてお越しください！」

電話を切ると、休憩室中の視線がこちらへ集まっていた。

「郡野さん、これから来られるそうです。三十分後到着予定です」

「——よし、やろうか」

途端に千賀さんが声を上げ、それを号令に各々がお弁当を片づけ始めた。

いち早く席を立ったのは来島さんで、さっき駄々をこねていたのが嘘のような真剣さでCA《カメラアシスタント》たちに呼びかける。

「機材と照明、大至急セッティングだ！」

続いて土師さんも立ち上がり、声を張り上げ指示を出した。

「惠阪、カメリハの準備するぞ。古峰は出道具の方頼む」

「はい！」

「わかりました！」

惠阪くんと古峰ちゃんが後に続き、さっきまで騒がしかった休憩室からはどんどん人がいなくなる。もちろん私も座っていていいはずがなく、カレーの残りを片づける。

「文山さん、お着替えをお願いします。郡野さんの準備が済み次第、収録を始めますので」

「ええ」

文山さんは既に食事を終えていて、心得た様子で頷く。

テレビ局からタクシーでこちらへ向かう郡野さんは、恐らく申告通りの三十分ほどでチルエイトに着くだろう。新宿周辺の道は現在平常通りの混み具合のようだ。私は文山さんを控室へ送ったら、セットの用意をしている古峰ちゃんを手伝い、郡野さんたちの到着に合わせて出迎えに行く。一時間後にはスタジオ入りもできているはずだ。

よし、やろう。目指すは一発ＯＫだ。


チルエイトに姿を見せた時、郡野さんも向井さんも疲労困憊の様子だった。まるで修羅場でも潜り抜けてきたように二人揃って顔色がよくない。

「遅くなって本当にすみません」

ぺこぺこと頭を下げる向井さんにひとまず飲み物や栄養ドリンクを勧め、郡野さんは控室にお通しする。着替えやメイクが終わったところで、文山さんと共にスタジオへ案内した。

「郡野さん、文山さん、入られます！」

スタジオの天井の吊り下げ照明はキッチンセットを煌々《こうこう》と照らし、そのキッチンにはぴかぴかの調理器具といくつかの食材が揃い、いつでも調理が始められるようになっている。

カメリハを終え、カメラはセットを画角内に収める位置に配置されていた。最後の調整に余念がない来島さんの傍らでＣＡがケーブルを捌き、そのケーブルを踏まないよう私たちはスタジオ内を慌ただしく行き来する。

「よろしくお願いします」

コックコート姿の文山さんと郡野さんも、頭を下げながらキッチンセットへやってきた。

古峰ちゃんが二人の胸元にピンマイクを着けると、郡野さんは居《い》た堪《たま》れなそうな声で言った。

「ご迷惑をお掛けしてます。本当にお待たせして――」

「大丈夫です、お気になさらないでください」

古峰ちゃんは明るく言って、私の方を振り返る。

セットに据え付けた手元を映すためのカメラの動作を確かめていた私は、郡野さんを元気づけようと後に続いた。

「プロデューサーは『一発撮り目指す』って言ってますから」

「えっ、そんなことできるんですか……？」

郡野さんは声を落とす。

ライブ感のある料理番組撮影でも、なかなか一発撮りでOKは出づらいものだ。調理パートに関しては文山さんはそうそうミスをしないけど、それでも説明を噛《か》むくらいのNGはあるし、恥ずかしながら我々スタッフ側がNGを出す場合もある。さして広くないスタジオに十人以上がひしめいて、カメラ外でも忙しなく働いているのだから、あってはいけないことだけど致し方ない。

NGはないのが一番いいけど、減らすコツはいくらでもある。気をつける、集中力を高める以外の対策として、今回は小型カメラを増やしてみた。社内にあるカメラをかき集めても足りず、レンタルまでして数を揃えた。

「キッチンセット側の据え付けカメラを増やして、メインカメラ以外の画をたくさん撮ります。これで多少のミスはカバーして、流れを切らずに撮影できますよ」

料理番組は引きの画だけではなく、寄りで調理中の手元を映したり、俯瞰《ふかん》で鍋やフライパンの中身を撮ったりと多角的な撮影が必要となる。引きだけなら来島さんのメインカメラでも撮れるけど、今回はカメラの台数を増やして収録の流れを極力止めない作戦を決行することにした。これでメインカメラ内で放送しにくい画が取れていても、編集の際に別のカメラの画をインサートすることでカバーできる。

「でも……」

尚も不安げな郡野さんに、文山さんがそっと声を掛けた。

「大丈夫、チルエイトさんは精鋭揃いなんだ。大船に乗ったつもりでいればいい」

他でもない文山さんにそんなことを言われるとなんだか照れるというか、くすぐったい。元々は千賀さんが言っていたことではあるけど、なるべく嘘にはしたくないものだ。

郡野さんもそれでいくらか吹っ切れたのだろうか、白い歯を覗かせて笑った。

「そういうことなら……頑張ります。一発撮り狙っていきましょう」

カメラの動作確認を終えた私は、スタジオの片隅にあるモニター前に陣取る。このモニターから小型カメラのカットを全てチェックし、使い物になるように調整する仕事を、急遽カメラの台数を増やしたため人手が足りず、APの私がやることになった。

モニター画面には六分割された映像が映っている。調理台上手と下手、冷蔵庫前、ガスコンロ上、ガスコンロ俯瞰、そしてセット後方、足元からのあおりの六ヶ所だ。調理工程を余さずカバーできる。

「それでは収録を始めます！」

号令を掛ける惠阪くんの声はいつもより力強い。

それどころかスタジオに集ったスタッフたち全員が、今は鋭気みなぎる顔をしていた。普段だって収録の度に『いいものを作りたい、いい番組にしたい』と誰もが思っているはずだけど、今日はそれに加えてみんなの心を一つにする理由が確かに存在していた。

現在時刻は午後六時半だ。終了時刻を見据えた時、誰だって同じ思いを抱くだろう。なんとかこの収録を無事に済ませて、なるべく早く帰りたい。

「本番十秒前！」

例を見ない緊張感と高揚《こうよう》の中、土師さんがカウントダウンを始める。三、二、一、キュー。

収録が始まると、私は小型カメラモニターの隅々に目を凝らした。さすがに全てを追うことは不可能ながら、ピントが合っているか、映像が途切れたりしないかを確認する。実際に使うかどうかは編集作業の際に決めることだけど、そもそもちゃんと映っていなければ素材にすらできない。

「本日はしっかり食べられるけど消化にもいい、オムリゾットを作ります」

調理台上手のカメラが、材料を順番に掲げる郡野さんの手を映し出す。傷一つないすべすべの手は関節があまり目立たず、出会った当初と変わらないあどけなさを感じさせた。

「リゾットは食べたことありますけど、オムレツと合わせるのは初めてです」

「とても美味しいから期待していいよ」

応じる文山さんの、郡野さんに向けるその優しい表情がこのカメラには映らないのが残念だ。

私はセットから離れた位置にいるし、インカムをつけているので出演者の声はあまりはっきり聞こえない。ただ段取りはわかっているし、万が一聞き漏《も》らしても困ることはなかった。

「リゾットは生米からも作れますが、今日は残ったご飯から作るので簡単かつすぐできます」

今度は文山さんの手が、耐熱容器に収めた冷やご飯を持ち上げた。今朝炊いて、わざわざ冷やしておいたご飯だ。

「それではまず、玉ネギをみじん切りにしようか」

包丁を持つ文山さんの手は、郡野さんと違って指の関節がくっきり目立っていた。筋張った手の甲はカメラ越しにすら血管が浮き出て見え、大人っぽいなと思う。

それにしても、手元カメラは調理の過程を追うだけならかえって見やすいかもしれない。どんなふうに材料を切ったり、混ぜたり、調味料を合わせたりするのかをつぶさに眺めることができる。動画サイトの料理動画は手元カメラの映像のみで構成されている場合が多いけど、わかりやすさを追求するならいいやり方だと思う。

もっとも『マヨナカキッチン』の視聴者は料理だけを観たいわけではないのだから、そこはメインカメラの仕事だ。

『浅生さん、そっちの映りはどう？』

来島さんがインカム越しに尋ねてきた。

「全カメラ良好です。手元の動きは今のところ網羅《もうら》できてます」

『了解。じゃ、引き多めに撮っておくか』

調理中の郡野さんと文山さんの姿は、来島さんがしっかり収めておいてくれるようだ。

そちらは仕上がりを楽しみにするとして。

「フライパンにオリーブオイルを引いたら、みじん切りにした玉ネギとベーコンを炒めよう」

「はい」

文山さんがフライパンを押さえ、郡野さんがまな板の上の玉ネギをフライパンに投入する。『マヨナカキッチン』第二クールはこういった共同作業をメインにしており、なるべく仲睦まじく調理をして欲しい、と台本にもはっきり書かれていた。

コンロ上のカメラからは二人分の手が調理を分担している様子が捉えられていた。郡野さんが炒め物をする時には文山さんがフライパンを押さえ、冷やご飯を入れるタイミングでは木べらを差し出し手渡す。第一クールとは違って文山さんはすっかりアシスタントの扱いだけど、完璧にやってのけるところはさすがだ。

「ご飯がほぐれてきたらトマト缶を入れ、中火でしばらく煮詰めよう」

「これ、どのくらいで完成ですか？」

「水気が少なくなってきたらかな。この間にオムレツの準備もしておこうか」

「わかりました！」

郡野さんが冷蔵庫を開け、卵を取り出す。彼は両手で卵を割るところが、私としてはとても共感できた。文山さんは片手で割れるからすごいなと思っていたのだ。

それはともかく、菜箸で卵を溶きほぐした郡野さんに文山さんがアドバイスを送る。

「塩を入れると卵が焦げやすくなるから、有塩バターで味をつけるといいよ。ルカはオムレツならしっかりめとふわとろ、どっちが好き？」

「どっちも美味しいですけど、今夜はふわとろがいいです」

「じゃあきれいに包むやり方を教えよう」

別のフライパンに有塩バターを置き、熱で溶かしながら滑らせ行き渡らせた後で、二人は卵液を流し込む。卵二つ分の卵液を一気に放った後、菜箸でかき混ぜ半熟にしていく。

「ここでのポイントはかき混ぜすぎないことと、半熟になったらフライパンを火から下ろすこと」

コンロの火が止まり、オムレツになる前の卵を湛えたフライパンがカメラから消える。代わりに調理台カメラが布巾に載せられるフライパンを捉えた。菜箸で手前から卵を包む文山さんの手元が映る。

「こうして手前から奥に向かって包んで……そうしたら卵液を滑らせ奥に移して、今度は奥から包むんだ。できるか？」

「やってみます」

菜箸を手渡された郡野さんが、ややぎこちない手つきで卵を包んだ。文山さんほどスムーズではなかったものの、形はほとんどくずれずきれいな舟形になる。

「一旦ひっくり返して裏面にも少し熱を通してから、リゾットの上に載せよう」

フライ返しで引っくり返されたオムレツは、その後でお皿に盛りつけられた真っ赤なトマトリゾットの上に載せられた。

文山さんがナイフでふんわりしたオムレツの上部をそっと切り開いていくと、とろとろの卵が現れる。立ちのぼる湯気とてらてら光る半熟卵のシズル感、そしてリゾットの食欲をそそる赤色がなんとも美味しそうだ。

「わあ、できた！」

郡野さんが小さく拍手をしたのがカメラに映り、ひとまず調理パートは一段落かなと私も胸を撫で下ろす。


みんなの頑張りが功を奏したか、終わってみれば収録は必要最低限の時間で済んだ。調理パートは一発撮りでＯＫが出たし、オープニングトークも実食パートもすんなり撮れて、午後九時前には郡野さんをお見送りすることができた。

「今日は、本当にありがとうございました」

タクシーを待つ間、郡野さんは私に頭を下げてきた。

配車の際は出待ち対策で、チルエイトが入っているビルの裏口に車をつけてもらうようお願いしている。こんな小さな会社の収録日まで把握しているファンはそうそういないだろうけど、用心に越したことはない。

夜の西新宿は車通りが多く、ビル裏手の通りもひっきりなしに車が行き来していた。テールランプの赤い光がガラス戸を突き抜け、郡野さんの心許なさそうな顔を照らしている。

文山さんの大人っぽい端整さと比べて、郡野さんの顔立ちには二十四歳という年齢相応の繊細さがあった。長い睫毛《まつげ》に縁どられた瞳は色素が薄く、肌の白さとも相まって壊れ物のように映る。疲れを隠さず壁にもたれて立つ姿すら儚《はかな》げだった。千賀さんはかつて郡野さんのことを『間違いなくスターだ』と言っていたけど、私も顔を合わせる度に同じことを思う。

「こちらこそご協力ありがとうございました。収録が早く済んだのは郡野さんのお蔭ですよ」

私も頭を下げると、郡野さんは訝《いぶか》しそうにした。

「いえ、そんなことは……皆さんと、それに遼生さんのお蔭ですよ」

「郡野さんだって頑張っておいでで――」

「俺はご迷惑をお掛けしただけです」

疲れのせいか力のない否定には、どこか有無を言わさぬ強さも垣間見えた。郡野さんは薄い唇を尖らせ続ける。

「せっかく遼生さんと一緒の現場だったのにお待たせしてしまって……悔しかったです」

収録開始が遅れたことを気に病んでいるのか、珍しくネガティブな発言だった。

何か言葉を掛けようかと思った時、ちょうどビル裏手に黒塗りのタクシーが停まった。確認しようとドアに向かった私の背に、郡野さんが声を投げかけてくる。

「向井さんのこと、よろしくお願いします。すごく疲れていたみたいなので……」

いつもなら郡野さんの帰り際には向井さんが同行していた。まだ若いタレントということもあり、きっちり家まで送り届けるようにしていたそうだ。だけど今夜は向井さん本人から『郡野を先に帰してもらえますか』と頼まれている。早朝からの撮影でさすがに疲れてしまい、文山さんの控室で少し休憩してから帰りたいとのことだった。

「お任せください。私もまだ残るつもりですし、ゆっくり休んでいただきます」

そう答えると郡野さんは安堵《あんど》の表情を見せ、タクシーに乗り込んで帰っていった。

それにしても、向井さんがうちで休みたいと言い出すとは意外だ。タレントさんやマネージャーさんの中には収録後も控室に居残って、お弁当や飲み物をねだってくる人たちもいなくはない。ただ向井さんから頼まれたのは初めてだし、それでなくても彼女が疲労を口にすること自体が今までになかった。

栄養ドリンクは渡していたけど、他にも何か差し入れした方がいいだろうか。蒸しタオルとか、さっと食べられる甘いものとか――そんなことを考えながら社内へ戻ると、控室前には文山さんの姿があった。彼は私に気づくと、大急ぎで駆け寄ってくる。

「浅生さん、向井のことなんですが……」

険しい表情に、ただごとではない予感がした。

「何かあったんですか？」

「どうも朝からほとんど食べていないようで……軽食など余っていませんか？」

そう言って、文山さんが控室のドアを開ける。

室内には向井さんがソファーに座っており、文山さん用に置いてあった麩菓子を口に運んでいるところだった。

「す、すみません浅生さん。いただいてました」

「全然いいですよ、お召し上がりください」

改めて勧めると、向井さんはまるでハムスターみたいに小さく一口だけかじった。傍らには水のペットボトルも二本あり、片方は既に空、もう一本も半分まで減っている。これも向井さんが飲んだのだろう。

「今日は早朝から収録があって、なかなか食事も取れなくて。せめて家まで我慢しようと思ったのですが、さすがに気分が悪くなってきてしまって……」

「なら温かい軽食でも作ってお持ちしますよ。苦手な食材とかありますか？」

私の問いに向井さんは困った様子で、傍らに立つ文山さんを見上げた。

「わざわざ作っていただくのは……」

「浅生さんの言う通り、胃に入れるなら温かいものの方がいい。せっかくだからごちそうになったら？」

文山さんが駄目押しのように言うと、向井さんは数秒ためらった後にようやく応じる。

「では……お手数をお掛けします。割と何でも食べる方です」

「わかりました、すぐに持ってきます」

早速控室を後にした私に、文山さんもついてきた。キッチンのある休憩室まで並んで歩きつつ、少し気になって尋ねてみる。

「向井さんについていなくて大丈夫ですか？」

「俺がいない方がお菓子が食べやすいでしょうし、彼女も気が楽なはずですよ」

文山さんはそう答えた後、微笑んだ。

「それに、浅生さんが料理をするのなら是非とも傍で拝見しないと」

「困りました。ちょっと緊張します」

料理のエキスパートである文山さんと比べると、私の時短料理は我流《がりゅう》だし邪道だ。そんな相手の前で何か作るのはさすがにプレッシャーだった。

もっとも、文山さんの前で料理をするのはこれが初めてではない。三ヶ月ぶりだ。

「浅生さん、何を作るんですか？」

メニューについては既に考えてある。休憩室には冷蔵庫こそあれどストックしてある食材はそこまで豊富でもない。

ただ幸いなことに今日は『マヨナカキッチン』の収録があった。つまり使われずに余った食材がいくらか残っている。となればメニューもおのずと決まった。

「オムリゾットを作ります。私なりのやり方で」

「それは楽しみです、よかったらお手伝いさせてください」

文山さんを連れ、私は無人の休憩室へとやってきた。

時刻は午後九時半過ぎ、恐らくスタジオでは撤収作業の真っ最中だろう。文山さんたちが収録中に作ったふわとろオムリゾットは、そんな作業を乗り切ろうとする誰かのお腹にもう収まってしまったはずだ。いつも私まで回ってくることはないものの、残った材料を持って帰ってもいいよと言ってもらうことはある。

本日はお米とトマト缶、玉ネギ、それに卵が残っていた。明日のご飯の材料にしよう、ついでに番組ホームページ用の物撮りもしようと思っていたけど、せっかくなのでここで活躍してもらおう。

一緒に手を洗った後、文山さんが私の顔を覗き込んだ。

「それで、まず何から始めますか?」

番組内では郡野さんに料理を教える立場の彼が、生徒みたいな口調で私に尋ねてくる。くすぐったさを覚えつつ、私も先生ぶって答えた。

「まずは玉ネギをみじん切りにします」

玉ネギは半玉分だけラップに包まれ、ポリ袋に入れられている。それを取り出し、破かないように数枚を丁寧に剝がした。玉ネギには切り取り線のように繊維の細い筋があり、これに沿うように切り目を入れていく。もちろん使うのは愛用のキッチンバサミだ。

「みじん切りもハサミでするんですか?」

「そうです。意外と簡単にできるんですよ」

切り目が入ったら玉ネギを九十度回転させて、細かく切り落としていくだけだ。シャキシャキと小気味よい音が鳴る度、お皿の上にみじん切りの玉ネギが降り積もっていくのが楽しい。

「ちょっと紙吹雪の作り方に似てるんですよ」

番組制作に携わる人間なら、一度や二度はハサミで紙吹雪を作った経験がある。もっとも紙吹雪の場合は空気抵抗を考慮して三角に切ることが多い。そうすることではらはらと、ゆっくり舞い散るようになる。

「紙吹雪ってこうやって作るんですか？　俺は作ったことがなくて」

「文山さんは浴びる方ですもんね」

私の言葉に文山さんが曖昧《あいまい》な笑い方をしたから、うちの番組でもいつか浴びせられたらいいなと思った。例えば『マヨナカキッチン、プライム帯進出！』とかでくす玉を割ったりして。実現するかはさておき、目標は高く持っておきたい。

最後に残った玉ネギの欠片も細かく切り刻んだら、耐熱容器に洗ったお米と共に入れ、更にトマト缶の中身も空けて軽く混ぜ合わせた後、お水とコンソメを足してから電子レンジで加熱する。

「レンチンリゾット……ってことですか」

「そうです。フライパンで作るよりお手軽でしょう」

「では、この加熱中にオムレツを焼くんですね？」

リゾットの炊き上がりまで十分ほど掛かるから、文山さんはそう読んだようだ。だけど私は指を振って答える。

「オムレツだってレンジで作りますよ。そっちの方が楽ですから」

「それだと『ふわとろ』にならないのでは……」

「『ふわ』は感じ方に個人差あるかと思いますが、『とろ』は大丈夫です」

リゾットの加熱が終わる前に、卵を割りほぐしておかなくてはいけない。家で作る時はちょっと牛乳を足して甘めの仕上がりにするけど、冷蔵庫にも自販機にも牛乳がないのでここは卵だけにする。

レンジから取り出したトマトリゾットはくつくつと音を立てていて、お米はちゃんと柔らかく炊き上がっていた。味見をするとトマトの酸味やご飯の甘み、柔らかくなった玉ネギの食感が大変美味しい。

リゾットをお皿に盛り、そこに卵が固まるまで加熱したオムレツを載せる。丸い耐熱容器の形のまま転がり出てきたオムレツはぷるぷる揺れる仕上がりで、表面はガラス細工のようにつるりとしていた。白身と黄身がうっすらまだら模様になっているのも、少しだけ気泡が入っているのもレンジ調理ならではの味だ。

「ちゃんとできてる……。なんでもレンジで作れるものなんですね」

文山さんはいたく感心した様子でレンチンオムレツを眺めている。

このまま熱々のリゾットの上に載せておくとオムレツが固まりすぎてしまうので、私たちは大急ぎで向井さんの元へと戻った。控室に入ると、ソファーに座っていた向井さんが慌てて立ち上がってみせる。

「すみません、本当にご迷惑をお掛けして……」

「いいから。急に立ち上がるとよくない」

文山さんに咎められ、向井さんは素直に座り直した。

そんな彼女の前にできたてのオムリゾットを置くと、ぎこちなく頭を下げてくる。

「お手数もお掛けしました」

「困った時はお互い様です。よかったら召し上がってください」

私が差し出したスプーンを受け取った向井さんは、オムリゾットの盛られたお皿を持ち上げた。

「い、いただきます」

そして一口めは遠慮がちに、リゾットだけを上品な手つきですくってみせる。伏し目がちにスプーンに口をつけた。

「……あ、美味しい」

たちまち強張っていた表情が解《ほど》け、安堵の色に塗り替えられる。向井さんはもう一口リゾットを食べてから、私を見上げてようやく笑んだ。

「こちら、浅生さんが作られたんですか？　とっても美味しいです」

「ありがとうございます」

「トマトの味って疲れてる時、食欲が湧いてきますね。ようやくご飯が食べられた……」

その呟きには向井さんの万感の思いが込められているようで、彼女がどれほど大変な一日を過ごしてきたかが如実に伝わってきた。スプーンでオムレツを崩しながら、心底くたびれた様子で語る。

「今日はもうずっと忙しくて、現場も全然離れられなくて。何か口に入れられたらよかったんですけどそれもなかなか……」

「だから、すぐに食べられるようなものを携帯した方がいいって言ったのに」

文山さんが険しい表情で言うと、向井さんは項垂れる。

「返す言葉もないです……今朝は寝坊しかけて、買い物もできなかったんです」

「少し仕事を抱えすぎなんじゃないか？　上に言って、補佐でもつけてもらうとか」

「私なんてまだ下っ端ですから、頼んでも無理だと思います」

そう言って向井さんは控えめに笑った。それからリゾットを空っぽの胃に馴染ませるようにゆっくりと再び食べ出した。

食事する姿一つとっても落ち着いた、大人っぽい人だなと思う。番組制作会社のスタッフは私も含めて忙しなさを全身で表現するタイプが多いので、感情表現が控えめな向井さんのような人は新鮮だ。文山さんと郡野さん、二人のマネージメントを担当しているのもこの落ち着き、冷静さがあるからなのかもしれない。

「前にもこういうことがあったんですよ」

文山さんが溜息をつく。

「去年、俺が倒れた時です。向井は心配しすぎて食事も取らなくなって……『君まで倒れたら困るから』って言ったのに聞きやしなくて。結果、点滴打ったんです」

「だって、心配するに決まってるじゃないですか」

聞き捨てならないというように、向井さんが反論の声を上げた。

「仕事が軌道に乗ってきたタイミングであれですよ、こちらの食だって細くなって当然でしょう。心配されたくないなら、文山さんこそお身体に気をつけてください」

それは『マヨナカキッチン』第一クールの最終回を控えた頃で、もちろんチルエイトでも大変な騒ぎになったし対処にも追われた。私たちが社内会議で頭を抱えていた頃、向井さんも気に病んでいたのだろう。

それで文山さんはぐっと詰まり、せめてもの抗議なのか向井さんを睨《にら》んだ。向井さんもオムリゾットを頰張りながら文山さんを睨み返し、控室には気まずい沈黙が漂《ただよ》う。

もっとも険悪という空気はちっともなく、むしろ子供同士の小競《こぜ》り合《あ》いのような微笑ましさがあった。むしろこの二人が意地を張る姿が新鮮で、私は思わず噴き出してしまう。

「笑わないでください」

文山さんが慌てた様子で突っ込んできたから、私もすぐに謝った。

「すみません。でも、信頼関係ができてていいなって思って……」

すると向井さんは静かにかぶりを振ってみせる。

「昔はこうじゃなかったんです。文山とこういう会話ができるようになったのもごく最近のことで、今まではずっと塩対応だったんですから」

「そんなこと浅生さんに言わなくていい」

「事実だからいいんです。――文山がこうして私を含む事務所の人間と打ち解けてきたのも、チルエイトさんのお蔭ですよ」

文山さんの不満はぴしゃりと封じつつ、向井さんは私にそっと微笑んだ。

「『マヨナカキッチン』に出演させてもらってから、文山は随分変わりました。自分のポテンシャルを引き出してもらえる仕事を得て、チルエイトさんには誠実に番組を作っていただいて、本当によかったです」

タレントさんにもマネージャーさんにも、そこまで言ってもらえることは滅多にない。番組制作に関わる人間としてこの上なく誇らしい言葉だ。

「これからも文山と郡野をよろしくお願いいたします」

向井さんが深々と頭を下げてきたので、私もすかさず下げ返した。

「こちらこそです」

「ありがとうございます。リゾット、全部いただいてから帰りますね」

微笑んだ向井さんは、残りのオムリゾットを美味しそうにまた食べ始める。その傍らで文山さんは未だに不満そうな顔をしていて、それがちょっとおかしかった。


文山さんと向井さんは、午後十時半過ぎにチルエイトを後にした。

二人は帰る方向が違うとのことで、タクシーは二台呼ぶ必要があった。時間が時間だけにすぐには来てもらえず、文山さんは先に来た一台に向井さんを乗せて帰す。

「体調不良の人間から帰るのが筋だ」

多少渋った向井さんをそんな言葉で黙らせた文山さんは、彼女が帰宅の途に就いた後も不満そうにしていた。

「信頼関係を築いたといえば聞こえはいいですけど、彼女、どんどん遠慮がなくなってるんです。年功序列ってこの業界ではないのもわかりますが、六つも年下から叱られるのは堪《こた》えます」

六つ下というと、私が惠阪くんに叱られるようなものか。それは堪える。

「でも、仲が悪いよりいい方が仕事もしやすいですよ。空気だっていいでしょうし」

実感を込めてそう告げたら、文山さんはいくらか気まずそうに笑った。

「それを浅生さんに言われると耳が痛いですね。チルエイトの皆さんにも、いつぞやは失礼な態度を……」

「過去のことより今ですよ。文山さんといい雰囲気でお仕事ができて、私たちは嬉しいです」

一つの番組の制作期間は大体三ヶ月から四ヶ月、その間に全ての出演者と打ち解けられるかと言えばそうでもない。『マヨナカキッチン』は紆余曲折《うよきょくせつ》ありつつも上手くいった方だろう。現在の収録の雰囲気はとてもよく、それはまさしく文山さんのお蔭だ。

ビルの裏口からは往来の激しい通りが窺え、車のエンジン音と都会の喧騒とでざわめいていた。そんな騒がしさとは正反対に、このビル内はすっかり静まり返っている。時刻を考えても恐らくうちの社員しか残っていないはずだ。

遠くに聞こえる騒がしさの中、文山さんは思い出したように笑う。

「料理、一緒にできましたね」

「そうですね。約束が叶ってよかったです」

慌ただしい時短料理にはなってしまったけど、以前した約束をちゃんと果たせた。

「ありがとうございます、浅生さん。とても勉強になりました」

「こちらこそ楽しかったです」

「また機会があれば、いつかご一緒したいです」

文山さんにそう言ってもらえて、私の気分も晴れやかだった。約束の叶え方如何では週刊誌に撮られるんじゃないかとか、新たなスキャンダルの火種になるのではと懸念していたけど、こうして社内で作る分には嗅ぎつけられることもあるまい。

「いいですね。休憩室のキッチンは大抵空いてますから、いつでもどうぞ」

私としても文山さんから学ぶことは多い。またこういう機会があればと思う。

そこで文山さんが何か口を開きかけたけど、ちょうどそのタイミングで裏口前にタクシーが停まった。

「あ、車が来ました」

「そうですね……では、お疲れ様でした」

文山さんが私に向かって笑う。ふっと自然に弾けたような、楽しげな笑顔が車のライトに明々と照らされていた。普段の文山さんからは想像もできないような屈託のなさに、私は一瞬見惚れてしまった。

まごつきながらもお見送りはして、一人になってから溜息をつく。

「いい日だったな、今日」

予定外の出来事はたくさんあって収録も押したけど、終わってみればいい一日だった。

撮影自体は上手くいったし向井さんも元気になったし、文山さんと料理もできたし、言うことなしだ。

あとは私も後片づけをして家に帰るだけ――そう思ってチルエイトのオフィスへ戻ると、半分だけ明かりが点いた室内には千賀さんだけがいた。みんなはまだスタジオだろうか。

「ああ、浅生」

腰を屈めてパソコン画面を覗いていた千賀さんは、私に気づいて振り返る。心なしか表情が硬く見えるのは疲れのせいかもしれない。

「文山さんたちは？」

「たった今お帰りになりました」

「……じゃあ、これを見てもらえる？」

千賀さんが低い声でパソコンを指差した。

ディスプレイされているのは『マヨナカキッチン』の番組ホームページ、そのメールフォームの管理画面だ。ちょうど昨日、私が見ていたページだった。

テレビ番組のホームページは大体がテレビ局側で管理されているけど、『マヨナカキッチン』は深夜のローカル番組とあって、放送内容を案内する一ページしか作られていない。そこでチルエイトでは番組の宣伝のため、独自にホームページを作成していた。番組で作った料理のレシピや、主に私が撮っている物撮り写真もここに掲載している。

表示されているのは視聴者から送られてきたメールのうち一通だ。珍しくにこりともしない千賀さんが気になりつつも、私はそのメールに目を通す。

『私があれほど酷い目に遭い、引退にまで追い込まれたというのに、文山遼生が未だ番組に出演し続けていることが許せません。起用したテレビ局側の良識も疑います。少しでもメディアとしての責任感があるのなら、速やかに文山遼生を降板させてください』

「これ……」

呻くような声が漏れた。

千賀さんは黙って頷き、付記されていたメールの氏名欄を指差す。

そこには『青海苑緒』とあった。

八年前に文山さんとスキャンダルが報じられた、今は引退している女優の名前だ。

# 第二話

## 厄日に香ばしきつねうどん

『青海苑緒』を名乗る人物からのメールを受けて、チルエイトでは緊急の話し合いが行われた。

集められていたのはまだ残っていたスタッフだ。撮影に関わった面々はほとんどが揃っていて、さすがにみんな疲れた顔をしている。そしてメールの内容を知らされると疲労の色が一層濃くなったようだ。

「青海さんがメールを？　本物なんですか？」

惠阪くんのもっともな疑問に、千賀さんは首を横に振る。

「わからない。氏名と都道府県しか記載されていなかったからね」

メールフォームには一応、返信用のアドレスや電話番号を記入する欄もあった。ただし青海さんを名乗る人物はそれらを空欄にして、氏名とプルダウン式で選択する都道府県のみ記入している。

「ちなみに、都道府県はどこだったんです？」

「新潟県。青海さんのご実家があるところだ」

千賀さんは既に彼女の動向を調べており、それによれば青海苑緒が最後にメディアに登場したのは三年前、週刊誌の芸能記事に写真が載った際のことだった。

「バックナンバーに記事があったよ」

タブレットに表示された記事には『かつてのお騒がせ女優、故郷で過ごす穏やかな日常』というタイトルがつけられている。撮られているのは早朝、エプロン姿でゴミ出しをする青海さんの姿だった。モノクロ写真でも彼女が変わらずきれいな人であることはわかったし、しかしすっぴんで髪もざっと結んだだけ、おまけに目線がカメラを見ていないところから隠し撮りであることも推測できる。

「酷い！　こんな撮り方許せないです！」

古峰ちゃんが怒りの声を上げ、私も心から同意した。

「プライベートを隠し撮りなんて……青海さんは今や一般人じゃないですか」

「まあ、これが飯の種という人もいるからね」

私たちに比べると、千賀さんは少し歯切れが悪い。同じメディアで仕事をしている人間としては表立って批判がしにくいのかもしれなかった。

ともかく引退後の青海さんは地元に戻り、しばらく実家に身を寄せていたそうだ。数年前から親族が経営するカフェの営業を手伝うようになり、記事はその開店準備の時に撮られたものだった。これ以降、青海さんがメディアに登場した例はなく、ここ最近の動向は不明だ。

「つまり、近況まではわからないのか」

腕組みをした土師さんが千賀さんに尋ねる。

「千賀さんはそのメールが本物の、青海苑緒からのものだとお考えですか？」

「いいや」

即答した千賀さんが、溜息と共に答えた。

「根拠があるわけじゃない。でもこの記事を見る限り青海さんは静かに暮らしているようだし、そんな人がわざわざ波風を立てるようなメールを送ってくるだろうかと思ってね。テレビ局や芸能事務所ではなく、うちの番組ホームページ宛てに連絡を寄越した点も不自然だろう」

きれいな辞め方をしたわけではないものの、青海さんにはその気になれば連絡を取れる先がいくらでもあるはずだった。それこそ文山さん本人の連絡先だって持っているかもしれない。わざわざチルエイトのような小さな会社に直接訴えてきたのは奇妙だ。

「俺も概《おおむ》ね千賀さんと同じ意見です」

土師さんはそう前置きしてから顔を顰《しか》める。

「ただ『マヨナカキッチン』は関東ローカルのみならず、例えば新潟県でも放送されています。久し振りに文山さんの活躍を見た青海さん、もしくはその身近な人が気分を害してメールを送った可能性もなくはないかと」

「無論、十分あり得るだろうね」

郡野さんが出演した『マヨナカキッチン』第一クール最終回が好評だったこともあり、一月期から関東以外の地域でも『マヨナカキッチン』が放送されるようになった。もちろん喜ばしいことではあるけど、放送地域が拡大すればそれだけ多くの人の目に留まる。当然、文山さんを好ましく思っていない人にもだ。

「愉快犯、いたずらの可能性もありますよね」

私が意見を述べると、それにも千賀さんは深く頷く。

「一番大きいのはそれだと思うけどね。正直、そっちの方が僕は怖いよ」

「文山さんかうちの番組によくない感情があるってことですもんね」

「あるいは青海さんのファンかもしれない。引退当時も憤《いきどお》っている人たちはたくさんいたから」

私も去年、彼女のファンだという人に抗議を受けたことがあった。八年の歳月が経っても青海さんを忘れられない人はたくさんいる。文山さんへの憎しみも、同じように燻《くすぶ》り続けているのかもしれない。

そこでふと、惠阪くんが訝しそうな顔になる。

「そういえば……青海さんの引退のきっかけって三角関係のもつれって噂でしたけど」

「世間的にはそう言われているね。文山さんは青海さんのマンションに出入りするところを撮られているし、青海さんの恋人だった宗原《むねはら》さんもそう主張していた」

「でもそれ、文山さんの事務所は否定してますし、青海さんは沈黙を貫いたまま引退してますよね。よく考えたらガチで主張してるのは宗原さんだけですよ」

宗原晏治《やすじ》は当時、青海さんの恋人だったと公表している人物だ。それまでは帰国子女のインテリ俳優というイメージがあった彼は、例のスキャンダル以降『彼女を取られた男』として二枚目半売りをするようになり、芸能界の荒波を現在も生き残っている。

「この間、宗原さんをクイズ番組で見たんですけど、未だに『寝取られ男』って体《てい》で弄《いじ》られてたんですよ。それ見て、ああこの人かって思って。結果としてあの騒動で一番得したんじゃないですかね」

恵阪くんが身も蓋《ふた》もない言い方をしたからか、土師さんが呆れて聞き返した。

「得ってことあるか？　どう考えても不名誉な称号だろ」

「けど、それをバネに今まで生き残ったのはすごくないですか？　青海さんが引退するほどの修羅場まで『美味しい』って思えるのって、鋼のメンタルじゃないですか」

その点については、私にも思うところがある。

というのも私は文山さん本人から事の次第を聞いていたからだ。青海さんはあの日文山さんを助けを求める形で呼び出し、文山さんは危機を察知して彼女の元へ駆けつけた、とのことだった。文山さんは『引退を望む青海さんに、スキャンダルの火種として使われた』と解釈しているようだ。

ただ、その話をみんなにも打ち明けるには真実である証拠がない。私は文山さんの言葉を信じているけど、その理由も結局は、真面目な文山さんなら他人の彼女を奪うなんてできないだろう、という印象だけだ。物証が一つもない以上、この場で共有すべきではないと判断した。

「それで？　恵阪は何が気になるんだ？」

千賀さんが促すと、恵阪くんは釈然としない様子で続ける。

「メールの送り主、宗原さんってことないですか？　この件蒸し返されて都合がいいのはあの人だけです」

「馬鹿なこと言わない。宗原さんだって危険を冒してまで脅迫メールは送らないよ」

やんわりとたしなめた千賀さんは、それでも困り果てた様子だった。

「だけど、『脅迫』とまでは言い切れないか……。もう少し過激な内容だったら通報もできるんだが」

「それでもここまで言われた以上、警戒はしておくべきです」

「そうだね。浅生や古峰は特に、会社の行き帰りなんかは気をつけるように」

名指しで言われた古峰ちゃんは、特に怯えた様子もなく答える。

「私は品川《しながわ》までなんで、電車一本だし心配ないですよ」

次に彼女が見たのは、当然というかなんというか、私の顔だった。

「でも浅生さんは町田《まちだ》だから、ちょっと心配かなって」

「さすがに小田急《おだきゅう》線乗ってまで追いかけてくるのは大変そうじゃない？」

「何言ってんだ、変質者に一般常識が通用すると思うな」

楽観的な私を土師さんが咎め、千賀さんも大きく頷いてみせる。

「相手が誰だかわからない以上、あらゆる可能性は念頭に置いておくべきだよ。うちの番組に悪意があるだけの人かもしれないんだから」

それもそうだ。私もメールの送り主が青海さんという線は薄いと思っているし、仮に熱狂的なファンだとすれば男性の可能性が高い。

さらに、チルエイト内で小田急線ユーザーは私一人きりだった。つまり誰かと一緒に帰るという用心ができない。

「俺も行ったことありますけど、町田までって結構掛かりますよね」

「浅生さんのおうちは駅から更に遠いんです。私、遊びに行きましたもん」

恵阪くんと古峰ちゃんの会話に、そういえばと思い出す。

私には心強い味方があった。

「大丈夫ですよ。いざって時用に防犯ブザーを持ち歩いてますから」

以前、文山さんから貰った防犯ブザーはお守り代わりにして、いつも家の鍵と一緒にカバンの中へ入れてある。何かあればそれが私を助けてくれるだろう。

「それはいい心がけだ。ちゃんと電池があるかも確認しておくんだよ」

千賀さんから褒められた。これも文山さんのお蔭だ。


しかしメールの件が解決したわけではない。

結局、誰が送ってきたのかという点は見当がつかず不気味だった。番組側でなんらかのアクションを取れば余計にメールの送り主を刺激するだけだろう。つまりは打つ手なしだった。


翌日、私は憂鬱な思いで向井さんに連絡を取った。

「番組について、ちょっとお知らせしておきたいお話が……少しだけお時間をいただけませんか?」

今日も今日とて忙しそうな向井さんは、それでも時間を取って折り返し電話をくれた。

『浅生さん、昨日は手料理をありがとうございました。大変美味しゅうございました』

いつものように毅然とした声が聞こえてきて、ひとまずはほっとする。昨日と比べると元気そうだ。

もっとも私の用件は決して喜ばしい話ではない。あいさつの後で『青海苑緒』を名乗る人物からのメールについて伝えると、電話の向こうから短く重い溜息が聞こえた。

『まだ、そんなことが……』

呆れたようでも、悔しそうでもある呟きの後で向井さんは言った。

『ご迷惑をお掛けしております。実は文山の出演する番組等に関係者を装ったメールが送られてくることはよくありまして。それでも近頃はめっきり少なくなっていたのですが』

その物言いから、彼女も件のメールが青海さんからのものではないと察しているようだ。

『実は、以前も似たようなケースで制作サイドからのクレーム沙汰にまで発展し、こちらで青海さんサイドに問い合わせたことがあるんです』

「えっ、青海さんご本人にですか?」

『といっても直接ではなく、かつて所属していた事務所に間に入ってもらって連絡したのですが――青海さんからは、一切関わっていないという返答を書面で貰っております』

既に引退した相手にまで問い合わせが行ったとなると、相当大きな問題だったのかもしれない。青海さんもあずかり知らぬところで自分の名を騙られ、さぞかしショックだったことだろう。

そしてこの度もメールの送り主は、やはり青海さん本人ではなさそうだ。

「私どもの方でも、このメールは他の人物が送ったものだと考えております」

私がそう伝えると、心なしか向井さんの声から緊張が少し和らいだように聞こえた。

『間違いないかと。では誰が、とは当方でも調べがついていないのですが』

それを調べる方法はある。警察に介入してもらうか、プロバイダに問い合わせて送信者を探し当てるかだ。今後エスカレートすればその必要も出てくる。

『私は六年前から文山の担当をしているのですが、当時はよくあることだったんです』

向井さんは淡々とした口調で、ためらわずに続けた。

『例の件に文山の非が一切ないとは申しません。でもここまで粘着されるのは、そして今なお誹《そし》りを受けるのは納得がいきません。ようやく仕事が戻ってきて、上手くいっているのですから、このまま平穏に進めていきたいのですが』

きっと文山さんは彼女にも事実を打ち明け、向井さんはそれを信じているのだろう。それだけにこのメールは頭が痛い存在だった。向井さんがかっとならず、慌てずに対処しているのが救いだ。

「当社としては静観するつもりです。メールの内容がエスカレートするようでしたらその都度対応を検討いたします」

『承知しました。こちらも今のところ、文山と郡野には伏せておくつもりです』

その方がいいと私も思う。これから二クールめの放送が始まるという時に余計な動揺を与えて、お二人のテンションを下げてしまうのは得策ではない。

『来週はロケもありますし、無事に終わるよう願っております』

「はい。我々としても安全かつ円滑にロケを進められるよう努めます」

そう約束して電話を切った後、私は少しの間物思いに耽《ふけ》った。

あのメールで周章狼狽《ろうばい》した私たちとは違い、向井さんの対応は実に冷静だった。見習わなくてはと思う。

そもそもあんな脅迫文でうろたえさせられるのも癪だ。こちらも負けじと冷静沈着に振る舞い、このクールも見事完走してやろう。私たちだってマスコミ業界の端くれ、メディアらしい正攻法の戦い方で挑むべきだろう。

ロケ当日は春らしい薄曇《うすぐも》りだった。

三月下旬の東京は日に日に暖かくなっており、来週には都内でも桜の開花宣言がありそうだと言われている。ロケバスのスモークガラス越しに見る桜並木はやや青みがかっていたけど、枝先についた蕾《つぼみ》の膨らみもはっきりと確認できた。今年はお花見に行けるだろうか、とぼんやり考える。

車は中央自動車道を高井戸《たかいど》インターで下り、武蔵野《むさしの》市を目指して走っているところだ。

「雨にならなくてよかったですね」

ロケバスの後方から、郡野さんの声がした。

振り返ると最後列の三人掛けに並んで座る彼と文山さん、向井さんの姿が見える。

ロケバスといってもチルエイトの予算でレンタルできる車両はたかが知れており、定員九人のちょっと大きめのバンにラゲッジスペースがあるタイプのものだ。テレビ局でのロケならメイク室がついていたり、もっと広々と座れる規模の車両も持ち出せるのだろうけど、うちは機材も同じ車両で運ぶのでこのサイズがせいぜいだった。それでも郡野さんも文山さんも不満一つ口にせずに乗ってくれている。

「雨天決行とはいえ、降ると気が滅入るからな」

「衣装の汚れも気になっちゃいますしね。ちょうどいいお天気です」

文山さんと郡野さんはにこやかに会話を交わしていた。その横で向井さんはスマホで何かを確認したり、タブレットに何か書き込んだりと移動中でも忙しそうにしている。

本日のロケスケジュールは午後四時までとなっており、郡野さんはまた夜から別の仕事があるそうだ。だからそれまでに収録をすべて終えてしまわなければならない。そのためこちらのロケ開始は午前九時からであり、私たちスタッフがチルエイトに出勤したのは午前六時のことだった。

「なんか、修学旅行みたいっすね！」

朝が早かったせいか、恵阪くんはどこかはしゃいでいる。そんなことを言い出して土師さんに睨まれていた。

「仕事だぞ、なんで浮かれてんだよ」

「なんか学生時代を思い出しちゃいまして。朝早起きしてバスとか乗ったなーって」

「惠阪さんは悩みとかなさそうでいいですよね」

古峰ちゃんからも憐《あわれ》みの眼差しを向けられた惠阪くんは、なぜか意外そうにしている。

「えっ、そんなことないって。俺にも悩みくらいあるよ」

「多分ささやかなことなんだろうなって気がします」

「昼飯を何にするかとか、そんなレベルだろ」

「それも確かに悩んでますけどね！」

三人の会話に噴き出すのを堪えつつ、私は少しだけほっとしていた。

先日の脅迫めいたメールは私にとってもショックだったし、みんなも程度の差こそあれ目に見えて動揺していた。向井さんからの情報を共有し、あのメールが青海さん本人のものではない可能性はより高まったけど、正直そちらの方が気分はよくない。結局、誰がやったことかはわからないままだ。

もっともあれから数日が経ち、みんなもいくらか平常運転を取り戻したように見える。

「浅生さん、三鷹《みたか》市に入りましたしお店の方に連絡しておきましょうか」

どうせなら楽しく仕事に打ち込んだ方がいい。古峰ちゃんが尋ねてきたので、私は張り切って応じた。

「そうだね、そうしようか」

本日は一日に二本分のロケを撮るダブルヘッダーであり、一軒目は武蔵野市にある商店街の精米店にお邪魔することになっている。二軒目もほど近いところにある豆腐店なので、郡野さんのスケジュールとも相談した上でまとめ撮りをすることになったのだ。

　ロケスケによればお店に到着するのは午前九時、そこから打ち合わせ、セッティングを経て収録開始は十時を予定している。一本目は正午までに撮り終え、昼食を挟んで二軒目での収録を午後四時に終える、なかなかのハードスケジュールだった。延長は極力避けたいと向井さんからは言われている。もちろん私たちだってご意向には沿いたかった。

　現地到着後に迎えた一軒目の収録は、驚くほどスムーズに済んだ。精米店の方々は以前にもテレビの取材を受けたことがあるそうで、収録の段取りをよくご存じだったし、コメント慣れもしていて一発ＯＫが出たほどだった。朝の商店街は人通りもほとんどなく、ほどよく静まり返っていて、郡野さんと文山さんもリラックスして収録に臨めたようだ。

「今日のロケはいい感じでしたね」

　一軒目を終えてロケバス内で昼食を取りながら、文山さんは満足そうだった。笑顔でそう言ってもらえて、スタッフとしても嬉しい限りだ。

　休憩時間も本当はちゃんとしたお店で休んでいただきたいところだけど、一刻《いっこく》を争うロケ中はどうしても慌ただしい食事になりがちだ。スモークガラスのロケバスは外から覗かれないという利点もあるので、やむを得ず車内でご飯を食べることもよくある。今日はまさにそれだ。

それでも定員ギリギリのロケバス内で、みんなでお弁当を囲むひとときは和やかだった。

「最近、犬を飼い始めたんです。ポメラニアンなんですけど」

向井さんがそう言って、スマホで画像を見せてくれる。ふっくらした白い毛並みのポメラニアンが二匹写っていて、たちまち古峰ちゃんが歓声を上げた。

「可愛い！　お名前はなんていうんですか？」

「ベルとチャイムです。母がつけました……私が『鈴音』だから、似た名前にしようって」

「いいお名前じゃないですか！」

そう言われて向井さんは照れ笑いをしている。娘さんの名前に似た名を愛犬にもつけるなんて、きっとお母様は愛情深い人なのだろう。少しだけ、羨ましく思った。

向井さんも愛犬たちを大変慈しんでいるようだ。カメラロールはいろんな角度で撮ったむくむくのポメラニアンたちでいっぱいだった。

「向井さん、ベルくんたちの画像しか保存してないんですよね。俺や遼生さんの画像は一枚もない」

冷やかすように言った郡野さんに対し、向井さんはクールに応じる。

「タレントの顔を見ると仕事を思い出すので、プライベートでは見たくないんです」

「そこまで言います？　酷くないですか、遼生さん」

不服そうな郡野さんが、同意を求めるように文山さんの腕を揺すった。

揺さぶられながら文山さんは諦めの表情で応じる。

「向井はこういうスタンスだから。かえって気を遣わなくていい」

郡野さんに文山さんという顔のいい俳優たちを前にして『見たくない』と言い切れるのも、向井さんくらいではないだろうか。そのくらいの職人気質でなければ芸能事務所のマネージャーは務まらないのかもしれない。それでも郡野さんがむくれているのがおかしくて、私もちょっと笑ってしまう。

終始平穏な空気が流れる休憩時間を過ごしながら、きっと午後の収録も何事もなく終わるだろうと思っていた。


昼食を終えた私たちは、次のロケ地に移動することとなった。

二軒目の豆腐店は一軒目とは別の商店街にあり、そちらで第三回『香ばしきつねうどん』に使用する食材を購入するシーンを収録する予定だ。店までは十分もせずに着くようなので、私はロケバスから先方に連絡を取った。

『あっ、チルエイトさんですか？　ど、どうも』

電話に出たのは店長さんだ。少し驚いたような声にも聞こえた。

「あと十分ほどで伺います。到着後にまずお打ち合わせできたらと——」

『え？　あの、すみません。ちょっと聞こえなくて』

聞き返す店長さんの声を、ノイズのようなざわめきが包んでいる。電波状態がよくないのだろうかとも思ったが、こんな街中でそんなはずはない。

「これから伺います。あと十分で到着する予定です」

私が言い直すと、答えが返るより早く、今度は甲高い声が聞こえた。まるで歓声のようだった。

何事かと思う私をよそに、店長さんは戸惑った様子を見せる。

『もう来られるんですか？　どうしましょう……』

「ご都合が悪いですか？　少しなら時間をずらすこともできますが」

すると店長さんは、恐る恐るといった調子で切り出した。

『申し上げにくいのですが、今、うちの商店街に人が大勢集まっておりまして』

それは困った事態だ。人でごった返している中をカメラを持って撮影をするのは不可能だし、出演者の安全確保の問題もある。ロケ先周辺店舗のお仕事の邪魔になってもいけないし、ひとまず現地を確認した方がいいかもしれない。

『とりあえず、一度お越しいただけますか？　見ていただいた方がいいかと……』

店長さんの声が暗く沈んでいるのも気がかりだった。何か想定外のトラブルでもあったのかもしれない。

電話を切った私は、車内にいた他のスタッフに状況を説明した。みんなも私の口調からただならぬ様子は察していたようだ。特に古峰ちゃんは信じられないという顔をしている。

「ロケハンした時は、平日のこの時間帯は空いているって話でしたよね？　どうして今日に限って……」

「何かイベントと被った可能性はないのか？　お祭りとか」

「でもお花見シーズンにお祭りがあるからって、それを避けてこの日程にしたんですよ？」

古峰ちゃんの言う通り、今日この地域にイベントがないこともロケハンの際に確認済みだ。私も同行しているので覚えている。

ロケ先に人が多いとなると当然ながら収録にも影響が出るし、場合によっては人通りが途切れるの待ちという事態にもなり得るだろう。なるべく延長は避けたいと言われている以上、あまり時間に余裕もない。

「確認してくるね。ロケバスはまだ近くに停めないでおいて」

私はそう言って、古峰ちゃんと共にロケバスを降りる。


早足で商店街まで歩いていくと、その混雑ぶりはすぐに目視で確認できた。アーケードが趣のある商店街の入り口は確かに人で溢れている。近づくにつれてその人波の年齢層も把握できた。

「なんか、若い子ばかりですね……」

古峰ちゃんの言う通り、商店街入り口にたむろしているのは十代から二十代前半の若い女性ばかりだ。みんな可愛らしく着飾っていて、メイクもヘアセットもぬかりがない。大きなうちわを持っている子たちもいて、さながらアイドルのコンサート前みたいな雰囲気だった。

「今日ってこの近くでライブとかあるのかな」

「ぽいですよね。でも会場になるような場所、近隣にはなかった気が……」

アーケード街まで詰めかけた人波の間を縫うようにして、私たちはようやく豆腐店へ辿り着く。

創業六十年という老舗豆腐店前にはやはり人だかりがあり、その奥にロケハンで一度お会いしていた店長さんがいた。三代目として店を継いだばかりという店長さんに先日の愛想のよさはなく、むしろ強張った顔で私たちを出迎える。

「お待ちしてました。さっとお入りください」

「え？　あの」

「とにかく急いで！」

店にはなぜかシャッターが下りていて、店長さんがそれを半分だけ開けてくぐるよう促してきた。私と古峰ちゃんは引きずり込まれるようにして店内に入り、最後に入ってきた店長さんがシャッターを閉める。

慌ただしく下ろされてたわむシャッター越しに、女性たちの話し声が聞こえてきた。

「今の、テレビの人じゃない？」

「腕章に『ＳＴＡＦＦ』って書いてあったよね！」

「じゃあそろそろロケ開始かな？　緊張する！」

私と古峰ちゃんは無言で顔を見合わせる。

まさか、ロケの日程がどこかから漏れているなどということは――。

「こんなことになってすみません」

店長さんが声を潜めて、開口一番詫《わ》びてきた。

店内にはもう一人、店長さんの娘さんが立っている。ロケハンで会った時には店のエプロンをつけ、朗らかに手伝いをしていた彼女も、今は泣きそうな顔で俯いていた。シャッターで閉ざされた店先を照らすのは電灯の明かりだけで、その人工的な光が二人の顔色をより悪く見せている。

私が嫌な予感を覚える中、店長さんが苦渋の表情で続けた。

「実は、うちの娘が……その、ネットにロケ情報を書き込んでしまったそうで」

「えっ……」

古峰ちゃんが絶句する。

私も、とっさに言葉が出てこなかった。それでも聞いておかなければいけない。

「ど、どうしてそんなことに……？」

ロケの打診の際、あるいはロケハンで打ち合わせした時に、お店の方には『収録が終わるまでは秘密厳守で』とお願いしている。情報解禁までは口外しない約束だった。

「すみません！　さすがにここまで人が集まってくるとは思わず、我々もどうしていいのか……」

店長さんが額の汗を拭うと、それまで黙っていた娘さんが絞り出すような声を発する。

「友達がルカくんのファンで、知ったら喜んでくれると思って……教えてあげたいって思って書き込んだんです。でも友達だけに教えたつもりだったんです！　それがいつの間にかファンコミュニティに広まっちゃって、こんなことに……！」

つまり今、商店街の内外にいる若い女性たちはみんな郡野さんのファンのようだ。彼女たちはネットで『マヨナカキッチン』のロケ情報を共有し、それを見に来るべくここへ集まってきたのだろう。見かけた大きなうちわにはきっと郡野さんの名前が書かれていたに違いない。

店に来るまでにすれ違ったファンと思しき女性たちは、ざっと五十人はいただろうか。

これだけの人を集めて通常通りの収録などできるわけがない。

「あ、あの、収録……どうなります？」

黙りこくる私たちを見かねてか、店長さんが恐る恐る尋ねてきた。

私は、仕方なく正直に答える。

「ちょっと、わかりません。一旦ディレクターと対応を協議しますが、もしかするとリスケの判断もあるかと――」

そこまで告げた瞬間、娘さんはその場にしゃがみ込んで泣き始めた。

「ごめんなさい！　本当にごめんなさい！」

わんわん声を上げて泣く姿に一瞬、妹の顔が思い出されて胸が詰まる。

でも、これはとてもまずい。私たちもこれまで、ロケ先とは出演承諾書を書いていただくことはあっても、番組内容やロケ日程については『放送直前まで秘密でお願いします』と口頭で約束するのみだった。少なくとも『マヨナカキッチン』はそれで今までトラブルもなくやってきていたし、情報漏洩《ろうえい》も一度として起こっていない。

しかし郡野さんの人気はそれでは収まらないほどだった、ということだろう。見込みが甘かった。

「ど、どうしましょう……？」

古峰ちゃんも困り果てた様子だ。その問いに、私は重い気分で答える。

「お店の人は悪くない。一度ロケバスへ戻ろう」

私たちが持ち帰った報告は、当然のことながらロケバス内の空気を最悪にした。

「どういうことですか？　ロケ情報が漏れてるなんて……」

向井さんは眉を顰め、毅然と主張する。

「タレントの安全が確保されない場合は、収録の延期もご検討いただきたく存じます。少なくとも現状では予定通りのロケはできないでしょうし」

そんな彼女を、文山さんは様子を窺うように、郡野さんは不安げに見つめていた。

「向井さんの仰る通りです」

同意はしつつも、土師さんは頭を抱えている。

「浅生、現地には何人くらいいた？」

「ざっと五十人近く。目についただけだから、増える可能性もありそう」

何せロケ地は商店街で、カフェやファストフード店なども何軒かあった。その中でロケ開始まで待機している人がいることも考えられる。

「どうにかして、カメラに映らないように撮影できないか？」

「人払いするってこと？　すんなり聞いてもらえたらいいけど……」

「だって、はるばるここまで駆けつけてきたんですよね？」

恵阪くんですら今は笑み一つなく、ひたすら思案に暮れているようだ。

「都内とはいえ平日に来てくれるような人たち、相当熱心なファンですよ。郡野さんが出ていっただけで殺到してきて将棋倒し――なんてことも考えられます」

「そこは事前に説明しよう。店周辺にロープ張って、入って来られないようにする」

土師さんはどうにか収録を進めたいようで、必死に頭を捻っている。もっとも、問題点なんて潰してもすぐに浮上してくるほどいくらでもあった。

「でもファンの人たちの顔は映るし、声も拾うよな……」

従来の『マヨナカキッチン』ロケパートは、文山さんたちがふらりと訪ねてきたという体で食材を購入する流れだった。しかし撮影開始後、画面に詰めかけたファンの皆さんが映るようでは、その『体』も成立しない。

「いっそ、公開収録って体にしちゃう？」

私が苦肉の策を提案した瞬間、向井さんはとても険しい顔でこちらを見た。

もちろん向井さんの懸念はわかるし、最終的な判断は出演者側に委《ゆだ》ねられるだろう。しかし私たちとしてもここまで来て収録断念はできればしたくない。スケジュールの再調整にも時間は掛かるし、今日のためにロケ先のみならず近隣店舗への挨拶や交通局への申請も済ませている。

それなら当初の予定、そして従来の撮影スタイルを変更してでも一本録っておきたい。

「『初めからここで、ファンの皆さんと一緒にロケを撮る予定だった』ってことにするの。もちろん近隣店舗とファンの皆さんにきちんと説明して、許可を取ってからね。そうすれば人払いの必要もなく収録ができるよ」

「めちゃくちゃ大胆な策っすね」

恵阪くんは目を剝いたけど、すぐにいくらか納得の表情になる。

「まあ、撮らないで帰るよりはいいですかね。あとは説明が上手く、皆さんに届くかどうか」

「そこは前説《まえせつ》でしっかり言い含めるしかないね」

「ガチで公開収録のやり方だ……」

前説とは、公開収録に参加するお客さんに対して番組進行などについて事前説明をすることだ。テレビ局内や大きなイベントでは前説のために若手芸人さんを呼んだりするし、小さなイベントや、局によってはＡＤがやる場合もある。若手といえど芸人さんたちは大抵が盛り上げ上手で、緊張しがちなお客さんを和ませて本番に臨ませてくれるのでスタッフとしてはとてもありがたい。

ただ今から芸人さんを呼ぶ時間も費用もないし、そもそもここにはスタッフが四人しかいない。誰かがやらなくてはいけないだろう。

「ここで延期にしても、もうあの店では撮れなくなる。やるしかないか」

土師さんの言う通り、この場でもし延期を決めた場合、ロケ地の変更を余儀なくされるだろう。既にどこのお店へ行くのかはバレているのだから、万が一の事態を考えたら変えるしかなくなる。

もし今日収録が行われなければ、豆腐店の娘さんも困るはずだ。友達の信用を失う、だけならまだしも、お店の集客目的だと風評被害に繋がる可能性も十分にあった。

「お店の評判を守るためにも、ロケは決行すべきだよ。さっきも言った通り、初めから公開収録の予定だったということにして——ファンの皆さんにはこのために集まっていただいたことにしてもらって、ロケ冒頭とラストだけ映ってもらおう」

意見を述べつつ、我ながらいかにもテレビ的な嘘だと思ってしまう。

でもこれは必要な嘘だ。こうでもしないと、私たちはあの豆腐店を守れない。

「なんか、壮大な収録になっちゃいますね」

古峰ちゃんも気まずそうに笑っている。

「情報漏洩の件、結局うちの責任ってことになるんですね。理不尽な気もするんですけど……」

「うちの責任だと思わないと。元々善意に頼っていたのがいけなかったからね。今後はロケ先との事前打ち合わせも見直していかなくちゃいけない」

もう今まで通りのやり方はできない。それがわかっただけでも収穫だ。

ただひとまずは、今日のロケを終わらせてしまわなければ。

「空手で帰るよりは全然マシです。やりましょう」

恵阪くんは元気を取り戻したように笑い、土師さんの方を見る。

「わかった。——向井さん、それでいかがですか?」

水を向けられた向井さんは、依然として険しい面持ちだった。判断は決めかねているのか、視線をロケバスの床に落としている。

「タレントの安全第一で進めていただけるのなら……もし危険だと少しでも思えた場合、即刻中止にしていただけるのであれば」

「当然、そのようにいたします」

「それなら……でも、懸念はありますが……」

ためらい続ける向井さんに、私が駄目押しの言葉を掛けようかと迷った時だ。

「チルエイトさんならきっと大丈夫だ。上手くやってくれる」

そう言ってくれたのは、文山さんだった。

落ち着いた声で、穏やかに向井さんへ訴えかける。

「今までだって何度も想定外の事態に対応してくださった。今回だってきっと大丈夫だ、信じて任せてもいいと思う」

向井さんは呆気に取られた顔をしていたが、ずっと不安そうにしていた郡野さんも口を開いた。

「遼生さんが言うなら間違いないですよ。やりましょう!」

雲が晴れてぱっと陽が射したような笑顔を見て、向井さんもようやく、それでも渋々と頷く。

「二人がそう言うなら――構いません、行きましょう」

既に当初の予定から三十分も押していて、郡野さんには次の仕事がある。私たちは慌ただしく機材を運び出し、まずは商店街の豆腐店へ向かう。

「今回の収録は当初の計画とは違う。どんなによく撮れてもプロデューサー判断でお蔵入りになる可能性はあること、念頭に置いておいてくれ」

文山さんたちをロケバスへ残し、撮影班だけになった移動中に土師さんは言った。

出演者の前で言わなかったのはモチベーションに関わるからだ。収録した内容がお蔵入りになることは、バラエティーの現場では珍しくない。でもその可能性を事前に知らされたら、出演者も百パーセントのパフォーマンスなんてできないだろう。

千賀さんがどんな判断を下すか、今の私には想像もつかなかった。

「万が一の時は私が責任を取るよ。公開収録って言い出したのは私だから」

覚悟を決めてそう告げると、土師さんはあっさりかぶりを振る。

「何言ってんだ、現場責任者は俺だ」

頼もしい言葉だった。

私が少し嬉しく思ったのも束の間、彼は平然と続ける。

「それに浅生には頼みたいことがある。前説やってくれないか?」

「……え?」

今日の場合、お客さんとはすなわち商店街に詰めかけている郡野さんのファンの皆さんだ。

「この状況、古峰じゃ荷が重いだろ。浅生なら経験豊富だし、上手くまとめられる」

「そりゃ、やったことはあるけど……」

現場によってはADが前説を担当する場合もあるので、私にも何度か経験はあった。ただ、やることを事前に知らされていて引き受けるのと、当日に言われてぶっつけ本番で挑むのとでは訳が違う。

「別に受けは狙わなくてもいい。客を沸《わ》かせてくれなんて頼まないよ。収録の注意事項をきっちり伝達してくれるだけでいいから」

土師さんに続いて、惠阪くんが熱っぽく言った。

「仮にど滑りしたら拾いに行きますから!」

そんな滑るの前提みたいに言われましても。

とはいえ、APの私がロケに同行している一番の理由は人手不足だからだ。どの場面でも手伝えるよう、穴が生じた場合の穴埋めができるように私がいるのであって、まさか『できない』なんて言えるわけがない。

「浅生さん、大丈夫ですか？」

古峰ちゃんが気遣わしげに尋ねてきた。

私が引けば彼女が矢面に立つことになる。そんなことはできないので、空元気で応じた。

「任せて。こういうのは思い切りが肝心だから！」

収録に向けて、準備は急ピッチで進められることとなった。豆腐店の店長さんとは改めて打ち合わせて変更となった段取りを説明し、機材を運び込んでセッティングをする。近隣店舗の皆さんにも改めての挨拶、及びお騒がせするからとお詫び行脚《あんぎゃ》もした。

そして私はメガホンを手に豆腐店の前に立つ。

「皆さん、こんにちは！　『マヨナカキッチン』スタッフよりお知らせがございます！」

既にロープが張り巡らされた店の前には、五十人超の若い女性たちが詰めかけていた。古い商店街の街並みには香水やコスメの甘い香りが漂い、それぞれにめかし込んだ人々がロープで遮られた距離に不満そうにしている。私の声に振り向いた彼女たちは、揃って怪《け》訝《げん》そうな目を向けてきた。

五十人分の眼差しを一身に浴びつつ、私は気持ちを奮い立たせて続ける。

「番組収録に当たって守っていただきたいお約束事項がございます！　是非お耳を傾けていただければと存じます！」

周囲のざわめきが大きくなった。あからさまに『わ、テレビっぽい』という顔をする人、

『ルカくんファンサして』と書かれたうちわを振り続けている人、『テレビの人がなんか言ってるよ、聞いといた方いいんじゃない？』と隣の友達を促す人、構わずスマホを弄り続ける人——この人たちがみんなうちの番組を観てくれているんだと思うと、なんだか不思議な気分になる。いつもはロープよりも更に遠く、電波越しの距離から観てもらっている人たちだ。

「収録を成功させるためのお願いです。どうぞよろしくお願いいたします！」

できることならこの人たちの姿もカメラに収めておきたい。いろいろあったけど、これだけの人数が番組のために——いや、郡野さんのためにだけど、それでも集まってくれたことは確かなのだから。

『皆さんこんにちは。本日は武蔵野市に来ています』

収録本番が始まり、モニターにはカメラに向かって微笑む文山さんが映っている。

『今日はなんと、番組ファンの皆さんにもお越しいただいています。こんにちはー！』

屈託のない郡野さんの肩越しには、集まったファンたちのきらきら輝く表情が見えた。

収録が始まる何時間も前から待機していた彼女たちは、ようやく大好きな人たちと会えて報われたのか、どの顔も実に晴れやかだった。

私は少し離れた位置からモニター越しに収録を見ていたけど、ファンの歓声はモニターを通さなくてもはっきりと聞こえてくる。その後に続いた割れんばかりの拍手も――カメラ裏から指示が出されるとぱっと止む辺り、行儀のいいファンが多いみたいだ。私も前説では最初こそ話を聞いてもらうのに苦労したけど、本題に入ってからはちゃんと耳を傾けてもらえていた。

『それではお店の方へ、入っていきたいと思います！』

郡野さんと文山さんが豆腐店へ入っていくと、画面からはファンの姿が消える。あとはラストの挨拶まで彼女たちはほぼ映らない。ここからは予定通りの『マヨナカキッチン』ロケパートと同じ流れになるはずだ。

モニターチェックをする私の傍らには、珍しく向井さんが立っている。普段の収録では誰の邪魔にもならないよう隅の方に立っていたり、忙しくて郡野さんたちを見ている暇もなし、ということもある向井さんだけど、今日ばかりは見守らずにいられないのかもしれない。

一瞬だけ横目で窺うと、向井さんは少し複雑そうな面持ちでモニターを見据えていた。このファンの子たちの雰囲気なら郡野さんに危害が加えられる懸念はないだろう。もちろんスタッフとしては収録が終わる最後の最後まで気を抜かずに注視したいところだ。

『当店の油揚げは選び抜いた国産大豆と天然にがりを使用しております。創業六十年の歴史が培《つちか》ってきた豆腐作りの技を、油揚げにも活かして美味しいものを作っているんです』

豆腐店の店長さんが、文山さんたちに油揚げについて語っている。収録に無事漕ぎつけたからだろうか、その表情も憑き物が落ちたようにすっきりとしていた。

共に出演予定だった娘さんは、あいにく泣きすぎて目が腫《は》れてしまったからと出演キャンセルになっている。それでも収録前に一言、私たちの元へ謝りに来てくれた。

――ご迷惑をお掛けしました。でも、ありがとうございます。

私たちの決断は間違っていないはずだ。

この収録自体が報われるかどうかは、まだわからないものの。

『へえ、油揚げってお豆腐からできてるんですね！』

郡野さんが無邪気な声を上げると、隣で文山さんがおかしそうに噴き出した。そのせいかお店の外でも笑い声が上がったのをマイクが拾っている。

私の隣では向井さんが、くすっと小さく笑ってみせた。モニターから長く目を離せないのでちらっとしか窺えなかったけど、優しい横顔に見えた。

ただ、向井さんの表情が優しかったのはそこまでだ。ロケ終了後、向井さんはすぐさま厳しい口調で言った。

「二人の安全確保のために、ファンの方々に見つからないよう車の手配をお願いいたします。もちろん乗車のタイミングも気取られないようにご配慮いただきたいです」

私はタクシーを呼ぶと同時にロケバスから文山さん、郡野さんの荷物を回収してきた。

そして豆腐店の店長さんにお願いして裏口から、ファンの目に留まらないよう商店街の外につけたタクシーまで文山さんたちを誘導し、どうにか乗せることに成功した。

集まったファンの皆さんはロケ終了の挨拶の後もしばらく豆腐店前、あるいは商店街付近から離れなかったようだ。目についた何組かには直接声を掛けてお帰りいただいたけど、店舗の陰に隠れたり、カフェに入ったりなどしてしばらく出待ちを試みていた人たちもいた。結局、私たちの撤収作業が終わる方が早かったほどだ。

もっとも現状復帰まで終わっても、今日は更に仕事があった。公開収録という予定外の形の収録になってしまったため、豆腐店の近隣店舗へのお詫び行脚もしなくてはいけなかったからだ。収録中の歓声も周囲からすれば騒々しかっただけと見え、何件かクレームもあったし、お詫びに行った先でお叱りも受けた。それも業務のうちだからと粛々《しゅくしゅく》とこなす私たちを、最後に豆腐店の店長さんがねぎらってくれた。

「本当に大変なご迷惑をお掛けしまして……しかもフォローまでしていただき、なんとお礼を申し上げていいのか」

そうしてお土産《みやげ》にと商品入りのビニール袋を手渡してくる。

「こちら皆さんでお召し上がりください。お詫びというにはささやかですが、どうか」

お土産を携え、私たちがチルエイトに戻ってきたのは午後七時を過ぎた頃だった。

帰社後、私がまずしたことは既に退勤されている千賀さんへの連絡だ。

『ずいぶん大変な一日だったみたいだね』

今日のロケについてかいつまんで報告すると、気の毒そうな声でそう言われた。

「見込みが甘かったといえばそれまでですが、私も情報が漏れるとは考えもしなくて……結局、ファンの方々も巻き込む形でロケを強行しました」

『そこは僕も素材を見てみないと判断できないけど、あまり気落ちしないように。いい画が撮れているかもしれないし』

電話だから千賀さんの顔は見えない。でも労わるように微笑む様子が目に浮かぶ。

『ただ、ロケ先の秘密厳守のお願いは以後徹底した方がいいな』

「それは私も同感です。次回以降のロケ先にはご連絡をして、情報が漏れていないか確認をしておきます。万が一の場合はロケ先の変更もあり得ますが、やむを得ないかと」

『そうだね。まあ、今日はもう遅いから休むのに専念して』

私も休みたいのはやまやまだった。早朝からのロケに予定外のトラブルに降って湧いた前説にと、今日はもうへとへとだ。すっかり張り詰めている気持ちを落ち着けるのには、もうしばらく時間が必要そうだった。

『土師たちはどんな様子？』

「みんな疲れ切ってます。当然ですけど……」

三人とも、ちょうど目に見える範囲にいる。他の社員はほとんど帰ってしまったチルエイトのオフィスで、土師さんは椅子に寄りかかったまま何もない天井を見上げていたし、恵阪くんは机に突っ伏したままぴくりとも動かない。古峰ちゃんは頬杖をついて、自分の髪を指で掬っては毛先をじっと観察している。みんな帰ってきてから上着すら脱がずに座り込んでいた。

『じゃあ、三人にもゆっくり休むよう伝えて。今夜はもう考えすぎないようにってね』

「わかりました、伝えます」

言ったところでなかなか難しいことではあるだろう。千賀さんもそれがわかっているのか、小さく笑うのが聞こえた。

『今日はそういう日なのかもしれないな。実は、久住《くずみ》たちもまだ戻れてなくてね』

「えっ、まだなんですか？」

久住さんはチルエイトにいるもう一人のディレクターだ。生放送にもロケにも強いベテランで、現在は夕方の情報番組の街録コーナーなどを担当している。

オフィスの壁に掲げられた行動予定表にも、確かに『久住　横浜ロケ　十時～』と記されたままだ。消されていないということはまだ帰ってきていない。

『横浜からの帰りに首都高の渋滞に巻き込まれたらしくてね。まだ着かないってさっき連絡があったよ』

「ということは絢さんもですよね？　大変ですね……」

絢さんはＡＰとして久住さんと同じ番組を担当している。私と同じようにロケにも必ず同行しているから、今頃は首都高の上でぼやいているのかもしれない。

『なんだか今日はよくない日みたいだね。これきりで済んでくれるよう願うよ』

そうであって欲しい。嵐のような一日も一段落させて、あとは穏やかに退勤したい。

電話を切った私は、三人に声を掛けた。

「千賀さんに報告したよ。『今日はゆっくり休んで』って仰ってた」

それで三人はまるでゾンビ映画みたいにのろのろと面《おもて》を上げる。三者三様の疲れ切った顔がこちらを向いていた。きっと私も似たような顔をしているに違いない。

「久住さんたちも何かあったのか？」

土師さんの問いに、私は聞いた通りのことを答える。

「首都高で渋滞に捕まってるみたい」

「そういえばニュースでやってましたね。向こうは向こうで大変だ」

苦笑いした惠阪くんが、その後で思い出したように肩を落とした。

「俺らだって大変でしたしね……俺、今日一日で一生分は頭下げた気しますよ」

「私もです。なんだかんだで結構怒られましたし、ファンの子たちの騒ぎまで私たちのせいになっちゃいましたし……」

古峰ちゃんはまだ飲み込み切れていないのか、不服そうな口ぶりだ。

客観的に見れば私たちの責任であることは間違いない。『公開収録』で大人数のファンを集め、営業中の商店街で騒々しく収録を行った。当初のロケ終了予定時刻よりもずいぶんと押してしまった上に、終了後も出待ちを試みようとするファンが居残っていて、近隣店舗には迷惑しか掛けていない。せっかく撮影にご協力いただいたというのに、これでは反感を買っただけかもしれなかった。

今日の収録を公開形式の体にしよう、と提案したのは私だ。今日のことで『マヨナカキッチン』の評判を落としてしまったのではないか、そのくらいならむしろ収録を中止にすべきだったのではないか、だけどそうしたらあの豆腐店が——そんなふうに考えが堂々巡りを続けている。

「向井さんの心労を増やしたくないし……情報漏洩は絶対阻止しなくちゃ」

でもそれは簡単なことではない。現に私の意見を聞いた三人は、揃って難しい顔をした。

「次のロケ先には早急に確認した方がいいな。情報漏らしてないかを」

「でも郡野さんがくるって話、言いふらすなって方が難しいかもですよね」

「豆腐店の娘さんも『友達が喜んでくれると思って』って言ってましたもん」

元々、『マヨナカキッチン』はお店に取材をさせていただく立場だ。だからロケ前には制作協力をお願いする同意書を交わす。同意書の中身は収録後の現状復帰を約束し、肖像権について、お店の人や店舗の撮影、収録の許可や撮れた写真、映像の番組上での使用許可、そして万が一お蔵入りして放送しない場合がある旨の承諾もしてもらっている。申し訳ないことに謝礼が出せず、『テレビに映りタレントが来ることで宣伝になるかもしれない』という点だけで同意をいただいているため、更に秘密保持の誓約《せいやく》までしてもらうことは気が引けていた。

実際、こちらからお願い事が増えれば増えるほどロケの交渉は難しくなる。だから秘密保持についてはこれまで口頭で済ませてきた経緯があった。

「秘密保持について明文化すればするほど、ロケを引き受けてくれる先は少なくなると思う。これからは交渉の難航も想定して動かないといけないね」

私の言葉に、土師さんが頷く。

「将来的にはロケパート自体なくなる可能性もあるな」

「えっ、そしたら尺余りません？　どうやって埋めるんです？」

「スタジオで二品作ってもらうようにするか、トークで繋ぐかだな。もう第一クールのようにはいかないって考えないと駄目だ。文山さん一人の時とは状況が違いすぎる」

関東ローカルの深夜番組だからと、なあなあにしてきた部分も確かにあった。でも郡野さんがいる以上、その甘いやり方ではもうできない。ロケの根幹から見直さないといけない段階に来ているのだろう。

「なんか、しんどいですね……」

ぽつりと、古峰ちゃんがそう零《こぼ》した。

その言葉ではっとする。さっきの電話で千賀さんに『今夜はもう考えすぎないように』みんなに伝えて欲しいと言われていたのだ。なのに私が率先して仕事の話を引きずってしまっている。これでは空気が淀む一方だ。

慌てて話題を変えた。

「そ、そうだ、豆腐店の店長さんからお土産をいただいたんだ。休憩室の冷蔵庫に入れてあるよ」

我ながらヘアピンカーブみたいな話の転換だったと思う。お蔭で土師さんにはうろんげな目で見られたし、古峰ちゃんも瞬きを繰り返していた。

「何をいただいたんですか？」

唯一、恵阪くんだけが笑顔になって乗っかってくれる。

「油揚げとがんもどき。豆腐の有名なお店だから、絶対美味しいよ」

「あー……それって、そのまま食べられましたっけ？」

「油揚げは油抜きが必要かな。でも焼いて食べてもいいし、煮てもいい味が出るよ。がんもどきもそのままだとちょっと薄味だから、煮物にするのが美味しいかな」

私は意気揚々《いきようよう》と答えたけど、恵阪くんは多少テンションが下がったようだ。

「ちょっと今夜は料理できる体力ないんで……俺の分も浅生さんが持って帰っていいっすよ」

体力というなら私だってそろそろ限界だった。一旦椅子に座ったらそのまま立ち上がれなくなりそうなほど疲れている。もっとも一番足りないのは、気力の方かもしれない。

「っていうか、もうこんな時間なんですね。はあ……」

古峰ちゃんと共に私も壁掛け時計を見やる。もうすぐ午後八時になる。

「今日中に仮編集だけでもやっとくか。千賀さんに見てもらわないといけないし」

そう口にしつつ、土師さんは一向に立ち上がる気配がない。全員が疲労困憊だ。

私もまだ仕事が残っていたし、それらを放棄したとして町田まで小田急線に揺られて帰るほどの元気もなかった。しかし千賀さんの言う通り、こういう日は考えすぎていては駄目だ。

ついでに提案してみた。

「いただいた油揚げできつねうどん作ろうと思うんだけど、食べる人ー？」

挙手を求めると、一瞬変な間があって、

「はい！」

やはり真っ先に手を挙げたのは惠阪くんだ。

「浅生も疲れてるんじゃないのか？　無理しなくても――」

土師さんが眉を顰めたので、私は正直に打ち明ける。

「疲れてはいるけど、それ以上に気持ち切り替えたくて。料理でストレス発散してくるよ」

いわゆるアンガーマネジメント的な——別に怒っているわけではないけど。とにかく重苦しい気分転換にも時短料理はちょうどいい。

「ならいいけど……じゃあ、はい」

釈然としない様子で土師さんが手を挙げると、それを見た古峰ちゃんも遠慮がちに挙手をする。

「大変じゃないなら、私も食べたいです」

「了解。作ってくるね」

私はオフィスを飛び出し、夜の廊下を休憩室へと向かった。

冷蔵庫の中で油揚げとがんもどきも、静かに出番を待っているはずだ。


第三回『寒の戻りに香ばしきつねうどん』の調理パートはまだ収録されていない。ロケで食材を調達し、それからスタジオで作るという流れだから当然だ。

でも収録に向けての準備はほとんど整っており、文山さんが提出したレシピはフードコーディネーターによって精査され、その上で調理の流れを記した台本が既に用意されている。私の手元にも当然ある。だからそれを見れば、文山さんが手がける間違いなく美味しいであろうきつねうどんを同じように作れるはずだった。

確かスマホにも送っておいたはず――そう思ってポケットから取り出そうとして、間違えて私用のスマホを出してしまう。メッセージの受信を知らせるランプが点滅していて、何気なく開けてみた。

『本日はお疲れ様でした。想定外のトラブルで大変でしたが、浅生さんたちは適切に対応してくださったと思います。どうかゆっくり休んでください』

文山さんからだ。

業務メールみたいな丁寧な文体がいかにも彼らしくて、ちょっとくすっとしてしまう。文山さんはもう帰った頃だろうか。返事を送りたいところだけど疲れのせいか、いい言葉が思い浮かばない。

今まではこういう時に音信不通になりがちだったな、などと過去の恋愛を振り返ってみる。どうしようもなく疲れた日や仕事で嫌なことがあった日、加えて誰かを気遣う余裕はなかなか持てなかった。でも同じ轍《てつ》は踏まない。早いところ元気を取り戻して、文山さんには今日中に返信しよう。

そのためにも、まずはきつねうどんだ。

仕事用のスマホには、確かに『香ばしきつねうどん』の台本データが入っていた。それによると文山さんは油揚げをフライパンで焼き、それからつゆで煮込んで作るようだ。

「油抜きしないんだ……」

油揚げを料理に使う時は、熱湯を掛けて油を抜くのが基本だと言われている。私は面倒くさがりだからキッチンペーパーに包んでレンジでチン、で済ましてきた。でもそれすら要らないのならとても楽だ。

誰もいない休憩室に入り、私はまず冷凍庫にあるはずのうどんの数を確認する。私の夜食作りは千賀さんに福利厚生の一環として認められ、少しなら予算を出せると言ってもらっていた。お蔭で冷凍庫にはセールで購入したうどんやパスタのストックが常にある。四人分のうどんを取り出して、調理を開始した。

いただいてきた油揚げをキッチンバサミで切る。フライパンで焼く時に敷き詰める必要があるので四角く、食べ応えがあるようなるべく大きめに切っておいた。熱したフライパンに油揚げを並べ、弱火でじっくり焼いていく。油揚げからうっすら油が滲み出てきて、フライパンがちりちりと音を立て始めた。

うちの番組の台本は、ドラマなどのように台詞がしっかり書かれているわけではない。段取り毎《ごと》に『こういうことを言ってください』や『この話題に触れてください』といった指示程度しか載っていないので、調理の過程で文山さんや郡野さんが何を言うかは彼ら次第だった。

『きつねうどんのお揚げは一度焼いてから煮込むことで、香ばしく美味しく仕上がるんです』

イメージするならこんな感じだろうか。ちょっと安直かな。

今日参考にしているのはあくまでも台本なので、詳しいレシピまでは載っていない。きっと文山さんならいろんな調味料を繊細に合わせてつゆにするのだろう。あいにくその配合はわからないし、そもそも休憩室にそこまで材料も揃えていないので、私は市販の麺つゆで済ますことにした。

『麺つゆは便利ですよ。麺だけではなく煮物も炊き込みご飯もこれ一本で作れます』

文山さんは絶対そんな台詞言わないだろうという想像が浮かんで、ちょっと面白くなってしまう。キッチンバサミや電子レンジや麺つゆを駆使する文山さんも、それはそれで観てみたいけど。

ともかく油揚げを表面がカリッとするまで焼き上げたら、フライパンに麺つゆ、そして少しのお砂糖を加えて煮詰める。

「そういえば、がんもどきもあったっけ」

油揚げは豆腐だけを揚げているけど、がんもどきは豆腐の他にすり下ろした山芋や卵白、いろんな根菜などを混ぜて揚げるものだ。ここのお店のものはひじきも入っているようで、油揚げに比べるとどっしりした質量がある。

「一緒に入れてみようかな」

がんもどきは麺つゆと相性がいいだろうし、油揚げとはまた違う食感を楽しめそうだ。

せっかくなので今夜は『がんもきつねうどん』と行こう。

煮詰めている間に冷凍うどんをレンジで解凍しておく。あとは鍋に希釈《きしゃく》した麺つゆを煮立ててうどんを加え、適度な固さになったら火を止めて器に盛った。つゆを吸ってふっくらとした油揚げとがんもどきも載せ、ストックしておいた冷凍ネギを添えれば、ものの五分できつねうどんが出来上がった。

オフィスまで持っていくのも面倒なので、三人に休憩室に来てくれるよう連絡をする。少し休んで回復したのか、三人は先程よりも元気な足取りで現れた。なぜかカメラに照明、レフ板まで携えている。

「何か撮るの？」

私が尋ねると、土師さんはむしろ怪訝そうな顔をした。

「物撮りするんだろ？　きつねうどん作ったんだし」

私は一瞬躊躇する。今回は文山さんのレシピに忠実に作ったわけではないし——ほぼ毎回忠実ではないものの、今回は特にだ。

でも作ったからにはもったいないし、もしかしたら使えるかもしれないと思って、結局撮ってもらうことにする。素材は多い方がいい。

「伸びると嫌だから一分で撮るぞ！」

「はい！　ライティングセットします！」

「うどんスタンバイオーケーです！」

古峰ちゃんが湯気の立つうどんを黒い天板のテーブルに置き、恵阪くんはその周りをLEDライトで囲む。今回はなんと四灯で照らすという本格的な配置だ。土師さんはカメラを構えて画角を確認した後、宣言通りに一分で撮影を終えた。

素晴らしいチームワークで撮られたきつねうどんの画像は、広告スチルとして使えそうなクオリティーだ。うどんから上がる湯気は鮮明に捉えられていたし、油揚げのざらりとした表面に微かについた焼き色も、つゆを吸ったがんもどきのふっくらとした柔らかさも、麺つゆに浮いた油の光沢も、散らしたネギの鮮やかな緑も全て肉眼で見るのと変わらないほど美味しそうに写っている。

「すごい写真……これはホームページに使いたいなあ」

撮った画像をモニターで確認しながら、私は惚《ほ》れ惚《ぼ》れしていた。もう物撮りは毎回みんなに撮ってもらいたいくらい出来がいい。

もっとも、三人の関心は既に写真よりも被写体の方に移っているようだ。

「見惚れるのは後にしろよ。せっかくの麺が伸びるぞ」

「いい匂いですね、早く食べましょうよ！」

「わあ、がんもどきも入ってるんですね。美味しそう！」

先程の鮮やかな連携ぶりと同じように、みんないそいそとテーブルに着く。私としてもできたてを食べてもらう方がいいから、写真は一旦置いておいてうどんを勧めた。

「いただきます！」

手を合わせた惠阪くんが、早速油揚げにかぶりつく。そしてその味を嚙み締めるように目をつむりながら、あっという間に一枚食べきった。

「このお揚げ、めちゃくちゃ美味しいっすね。香ばしいのに出汁《だし》が染みてて」

「お豆腐屋さん売れ筋商品なんだって」

私も一口食べてみる。『香ばしきつねうどん』の名に違わず、軽く焼いた油揚げは表面はぱりっとしていて歯ごたえがいいし香り高い。薄い揚げの中には甘めのつゆがたっぷり含まれていて、嚙むたびにじゅわっと染み出すのがとても美味しかった。これ一品でおかずにもなりそうだし、もちろん温かいうどんとの相性も最高だ。

「煮る前に焼くのは文山さんのレシピ通りなんだけど、あいにく調味料の配合まではわからなくて。だから味つけ自体は麺つゆとお砂糖だけなんだ」

文山さんのレシピが判明したところでそっくり真似ができるだけの材料がここにあるとも限らないけど、麺つゆと砂糖だけで仕立てたごくシンプルなきつねうどんを土師さんも古峰ちゃんも喜んで食べてくれた。

「いや、すごく美味いよ。こんなに美味いきつねうどん、初めて食べたかも」

「私もです。なんていうか、身体に染み入る美味しさです」

さすがに褒めすぎではないかと、私は若干照れてしまう。

「私でこれなら、文山さんたちがスタジオで作ったら更に美味しいうどんになるよ」

それで古峰ちゃんは考え込んだ後、少しだけ気まずげにこう言った。

「えっと……私、今日のロケですごくイライラしてたんですよ。なんか理不尽だなって思いながら後処理に追われて、本当にくたびれちゃってて。でもこうして会社戻ってきて温かいうどん食べたら、まだ頑張れるかなって気がしてきました」

それから彼女は可愛らしくはにかんだ。

「それって、スタジオ収録では味わえない美味しさかなって思います」

「確かに格別だよな、このきつねうどん」

土師さんも納得した様子で頷いている。

「今日は本当に過酷な一日だったけど、最後にみんなでこれ食べられたなら悪くなかったな。少なくとも一つはいいことあった。そういう味だよ、これは」

「ありがとう、二人とも。そう言ってもらえてよかった」

言われてみれば私も、きつねうどんでお腹が温まってきたら気持ちがふっと解けた気がした。元々そのために料理をしようと思い立ったのだから、そういう意味では成功だったと言える。おまけにカリじゅわのお揚げは美味しいし、みんなも嬉しそうに食べてくれるしで言うことなしだ。隠し味は過酷なロケといったところだろうか――それはまあ、滅多になくていいけど。

「そういえば、前にごちそうになった鶏肉と卵の雑炊も美味かったな」

土師さんがふと思い出したように語り、古峰ちゃんがきょとんとした。

「私、それ知らないです。浅生さんに作ってもらったんですか？」

「ああ。去年、惠阪が仮編集データを吹っ飛ばした時にな」

あったあった。私があの日のことを思い出していると、当の惠阪くんも記憶が蘇《よみがえ》ったようだ。

「ありましたね、そんなこと！　確かに美味しかったなあ」

楽しい思い出でも振り返るような晴れやかな笑顔でそう言った。

そのあまりのポジティブさに私は思わず噴き出し、

「なんで他人事みたいに言ってんだよ」

土師さんが苦笑いを浮かべ、

「私あの時本気で心配したんですけど！」

古峰ちゃんは呆れたように頬をふくらませている。

実際、惠阪くんの前向きさは見習うべき点かもしれない。この場の雰囲気もすっかり和んだようだ。

今日は本当に散々な一日だったけど、こうしてみんなできつねうどんを食べて、笑いあえたことはよかったと思う。お蔭で私ももうちょっとは頑張れそうだ。

うどんを食べ終えたら残りの仕事を片づけて、家に帰ろう。そして文山さんに返信を送ろう。きつねうどんを試しに作ってみたことを報告したいし——せっかくだからあの写真も送ろうかな。

そんなことを考えていたら、不意に休憩室の戸口で物音がした。

「や……やっと帰って来れた……！」

かすれた声で言ったのは、横浜ロケの帰りに渋滞に捕まっていた久住さんだ。よろよろと休憩室に入ってきたその後から、疲れ切った顔の絢さんもついてくる。

「聞いてよ。ロケはすんなり終わったから早く上がれるかと思ったら、首都高で渋滞に捕まっちゃって。下りてからも長くて、ＡＤの子たちは先に帰したんだけど、機材もあるから私たちだけでも帰社しなきゃって、どうにか戻ってきたとこ」

「お、お疲れ様です……」

千賀さんから聞いていた通り、久住さんたちもずいぶん過酷な目に遭っていたようだ。

その証拠に久住さんは床に座り込み、両手で顔を覆っている。

「もう帰れないかと思った……一生車の中かもって、辛かった……！」

気の毒でもあるし、ちょっとだけ親近感も抱いてしまう。こんな厄日は、誰にだってあることだろう。

「よかったらうどん食べます？　今きつねうどん作って食べてたんですけど」

五分もあれば作れるうどんを勧めてみたら、絢さんがようやく笑った。

「わあ、いいなあ。お願いしてもいい？」

「はい。久住さんもいかがですか？」

「……食べる」

蚊の鳴くようなか細い返事が聞こえたので、私は早速キッチンに立つ。

背後では絢さんが久住さんを引き起こそうとしている声が聞こえた。

「ほら久住さん、浅生がうどん作ってくれるって！　せめて椅子に座りましょ、ね？　ああもう——ごめん土師くん、手貸してもらっていい？　もう梃子《てこ》でも動かない！」

そのやり取りで、よっぽどの一日だったんだろうなと察しがつく。

せめてこれから作るきつねうどんが、久住さんと絢さんも笑顔になれるものでありますように。そう願いながら、私は油揚げをフライパンで焼き始めた。

# 第三話

## 涙の後のポテトミルクスープ

四月に入り、『マヨナカキッチン』第二クールの放送が開始された。

初回の視聴率は五・七、第二回は五・四パーセントと深夜帯としてはかなりいい数字をキープしている。配信サイトでの視聴再生数も好調のようで、ランキング入りも果たしていたりとこの上ない好スタートを見せていた。

一方、三月のロケでの情報漏洩を受け、チルエイトには秘密保持の改めての徹底が言い渡された。私はAPとしてロケ先に、秘密厳守の誓約をお願いすることになったものの、難航すると思われていたロケ先選定は驚くほどスムーズに進んだ。要は『あの郡野流伽がお店に来てくれるなら』と快くロケを受け入れてくれるお店が相次いだからだった。改めて彼の人気の大きさを思い知らされている。

こうなると『マヨナカキッチン』における目下の心配事は一つだけだ。

青海さんを名乗る人物からのメールはあれからも何度かあった。内容はほとんど変わらず自分が青海苑緒であること、文山さんに傷つけられた経緯があること、テレビ局は彼を降板させてメディアとしての責任を果たせという主張を繰り返し訴えている。しかし向井さんによれば類似のメールは所属事務所や他の関係先には送られていないそうなので、これが偽者による嫌がらせである確信は深まった。

「これは間違いなく、文山さんのアンチか青海さんのファンの仕業だろうね」

千賀さんもメールの件についてはそう結論づけている。

「その二つは同じ存在だと思っていいでしょうね」

土師さんの言葉にも頷き、苦笑いを浮かべていた。

「間違いないね。何度送られたって、うちにできることはないのになあ」

当たり前だけどキャスティングの最終決定権はテレビ局側にある。番組制作会社は『この番組はこのタレントで行きましょう』と企画案を出すことはできても、テレビ局がよしと言わなければ通らない。逆も然《しか》りで、チルエイトに出演者を降板させる権利があるはずもなかった。

もっとも、開かれている一番目立つ窓口が『マヨナカキッチン』番組ホームページなのだから仕方ないのも事実だ。

「メールを読む方も気持ちが沈むから、そろそろ諦めてもらいたいですね」

私が零すと、恵阪くんはいたずらっ子みたいな顔で笑った。

「いっそ通報ワードをぶっ込んで欲しいですよね。こっちも遠慮せずに済みます」

それも一理あるけど、通報が必要になるような過激なメールが千賀さんの目に触れたら、きっとお身体に差し障る。なのでそれも遠慮して、とにかく手を引いてもらいたかった。

ところで、『マヨナカキッチン』企画会議はいつもならこの四人で行う。時々、ADの古峰ちゃんやカメラの来島さんたち技術スタッフに同席してもらうこともあるけど、それは収録のある日の朝くらいだ。

今日は、珍しい出席者が会議室のテーブルを囲んでいた。

「うちとしても警察の手は煩《わずら》わせたくないんでね、穏便に済ませたいよ」

そう話すのは『マヨナカキッチン』チーフプロデューサーの民谷《たみがや》さんだ。

一つの番組には大抵プロデューサーが複数いる。『マヨナカキッチン』で言えば千賀さんは制作会社側のプロデューサーであり、番組制作における責任者だ。民谷さんはテレビ局側のプロデューサーで、番組が放送されること自体の責任を担う立場だった。有り体な言い方をするならテレビ局、しかもキー局の偉い人で、我々からしてみれば雲の上の存在である。

そういう人だから民谷さんが『マヨナカキッチン』の収録現場に立ち会うことはほぼないし、企画会議に参加するのも初回以来だった。思えばこうしてチルエイトを訪ねてきたのも今年に入ってからは初めてだ。そのせいか室内の空気はぴんと張り詰めている。

「お蔭様で視聴率はいいし、そのメール以外には変なご意見もない。気にしなくていいよ」

民谷さんだけはその緊迫感を意にも介さず、快活に言った。

四十五、六歳だと聞いているけど年齢より若々しく見える人だ。つやつやしたツーブロックにツイストパーマをかけ、いつも仕立てのいいジャケットを羽織《はお》っている。局内でも辣腕プロデューサーと呼ばれているらしい。

「それより今の数字をキープして、全国放送やプライム帯狙ってみようよ。郡野さんというスターもいるし『マヨナカキッチン』にはそれだけのポテンシャルがある。全然不可能じゃないよ」

「ありがたいお言葉です。我々としても目標はそこだと思っております」

千賀さんは嬉しそうに応じ、私を含む残り三人は揃って控えめに笑んだ。

過分なくらいの褒め言葉は、実は民谷さんにはよくあることだった。『マヨナカキッチン』がまだ文山さん一人体制で、視聴率に伸び悩んでいた頃から番組内容について褒めてくれている。民谷さんはあまりネガティブな言葉を言わない代わりに、切る時にはばっさり切る人だ。なのでもったいないくらいのお言葉も鵜呑みにしていいものではなく、むしろ我々への発破《はっぱ》に過ぎないのだった。

もちろん、民谷さんはうちの番組だけに関わっているわけではない。『マヨナカキッチン』スタッフとも数ヶ月に一度顔を合わせる程度だから、その貴重な面会の場ではなるべくいいことを言おうと思っているのかもしれなかった。調子のいい嘘ではなく、あくまでも叱咤激励なのだと——私はそう捉えるようにしている。そうじゃないと、やっていけない。

「じゃあそれ見据えて、引き続きいい番組を作っていただくということで」

満面に笑みを浮かべた民谷さんが、私たちの顔をざっと眺めてから続ける。

「で、今日は別のお話もあってね、会議に参加させてもらったわけなんだけど——『マヨナカキッチン』に、是非うちの夏祭りに出展して欲しくてね」

そしてもう一度、改めてこちらを見回してきた。

「夏祭り、ですか？」

惠阪くんが不思議そうに聞き返したから、私は慌てて説明を添える。

「夏期間にテレビ局で催されるイベントのことだよ。期間中はアーティストのステージがあったり、番組紹介ブースが作られたり、コラボメニューを置いた屋台なんかも出るの」

開催時期こそ異なるものの、キー局各社では夏休み時期に大きなイベントを開いていた。テレビ局本社の社屋や敷地内に会場を設け、バラエティー番組やドラマ、アニメの展示、子供向けのアトラクション、飲食店の出店なども行われる。各社には企業からのスポンサー契約もつき、期間中の動員数は毎年七桁超えがざらと、まさしく夏の風物詩となっていた。

「ああ、その期間ってテレビ局の出入りが面倒になるんですよね」

恵阪くんの認識がその程度なのも無理はない。うちのような小さな制作会社にとって、キー局の夏イベなどこれまでは縁遠い世界だったからだ。

「今年はそんな他人事じゃいられないよ、恵阪くん」

民谷さんは恵阪くんをたしなめた後、もったいつける口調で言った。

「『マヨナカキッチン』にはステージ上での公開収録をお願いしようと思ってるんだ。七月だから、第三クールのスペシャル放送としてもぴったりでしょ？　郡野さんと文山さんにライブ調理をやってもらって、ついでに屋台でコラボメニューを出すとか、どう？」

チルエイトの狭い会議室で、民谷さん以外の全員がほぼ同時に息を呑む。

「公開収録？　うちがそんなステージをもらってよろしいんですか？」

慎重に、土師さんが聞き返した。

それで民谷さんは愉快そうな顔をする。

「謙遜《けんそん》しない。この間の——第三回だっけ？　急遽公開収録になっちゃったっていう商店街ロケ、結構評判いいみたいよ？　郡野さんのフレッシュな魅力や文山さんの落ち着いた雰囲気が、お客さんのパワーでより増して見えるってさ。まだ視聴率は出てないけど、あれはじわじわ来るんじゃないかな」

「……ありがとうございます」

お礼を言う土師さんは複雑そうだった。

第三回といえば『寒の戻りに香ばしきつねうどん』の回であり、武蔵野市の商店街でロケを行った回だ。あの公開収録ロケは結局、プロデューサーのチェックを経て無事そのまま放送されていた。私も本編集まで立ち会ったし録画でも観たけど、確かにファンの熱気溢れるいい雰囲気に仕上がっていた。

それに、あの豆腐店の店長さんからもメールを貰っている。放送を観て、改めてお礼が言いたかったとのことだ。『うちの店と娘を守ってくださりありがとうございました』とまで言ってもらい、ささやかながらみんなの苦労が報われた。

「あんな感じでお二人にお客さん捌いてもらうのも面白そうじゃない？　きっと楽しく掛け合いしながら料理してくれて盛り上がると思うよ。真夏の炎天下にぴったりのメニューを考えてもらってさ。やろうよ！」

民谷さんの明るい発破に、私たち四人は黙って視線を交わしあう。とてつもなく熱い案件が来たようだ。

会議の後、いつでも忙しそうな民谷さんは慌ただしくテレビ局へ戻っていった。そしてチルエイトは当然、夏祭りの話題で持ちきりとなる。

「夏祭りってあれですよね？　テレビ局の社屋で開かれてるイベントの！」

会議に参加していない古峰ちゃんは、目に見えてわくわくし始めた。

「あれに出展できるなんて、テレビのお仕事だなって感じがしますね！」

「今までの仕事はなんだと思ってた？」

　惠阪くんに半笑いで聞き返されて、彼女は無邪気に答える。

「だってうちの仕事地味ですし……惠阪さんはテンション上がらないんですか？」

「あんまり実感湧いてないなあ。民谷さんの仰ることだしな」

「さすがにこれがフカシってことはないでしょう？」

　一笑に付しかけた古峰ちゃんは、しかし惠阪くんの表情を見て自信がなくなったようだ。私に確かめてくる。

「……ないですよね？」

「多分だけど大丈夫。もう企画動き出してるから」

　既に向井さん宛てに打診のメールを送った後だ。郡野さんと文山さんのご出演、そして文山さんには公開収録向けのメニューの考案、及びコラボメニューも一緒に考えてもらえたらと依頼している。上手く話が進めば『マヨナカキッチン』をより多くの人に知ってもらえる機会になるし、イベント来場者に文山さんの手がけたメニューを食べてもらえることにもなるだろう。

「私も嬉しいな。コラボメニューに番組の名前が使われるってことでしょ？　食べに行く時間あったら行ってみたい」

　私も古峰ちゃんに倣ってテンションを上げてみたけど、実はこれ系のイベントに関わるのも初めてではない。

　だからかすぐ、千賀さんに諭された。

「浅生は知ってるだろ？　当日は忙しくてお客さんになっている暇なんてないよ。別日にプライベートで行く分には構わないけどね」

「やっぱり、そうですよね……」

　かといって貴重なお休みにテレビ局のイベントへ行く気にはなれない。コラボメニューは試食くらいならできるだろうし、それで我慢しておこう。

「当日だけじゃなく、これからしばらくは忙しいぞ」

　土師さんがそう言って、私たちに覚悟を促す。

「夏のイベント準備を進めていく必要あるし、まだ第二クールの収録もスケジュール詰まってるからな。並行してやっていくことになる」

「そういう忙しさなら歓迎だよ。やりがいもあるしね」

　手ごたえのある仕事はいいものだ。この夏は楽しくなりそうだと、私は充実した気分になっていた。


　夏といえば私には、もう一つ個人的なイベントごとが迫っている。

『お姉ちゃん、写真データとＢＧＭのリスト送ったからね』

電話を掛けてきた華絵の声は弾んでいる。六月に結婚式を挙げる彼女は、新婦としての準備に追われているようだ。先月には仕事の合間を縫ってドレス選びにも付き合い、ウェディングドレスを試着した妹の姿に早くも涙腺《るいせん》がゆるんでしまった。

私は幸せな花嫁の、世界一幸せな姉になれそうだ。

「ありがとう。じゃ、これでムービーづくり進めるね」

『ありがとうは私の方だよ。お仕事忙しいのにごめん』

華絵はなんだか申し訳なさそうにしている。

でも引き受けると言い出したのは私の方だ。遠慮する必要はないし、できれば期待に添える仕上がりにしたい。

「全然大丈夫。可愛い妹の晴れ舞台だもん、私も腕を振るわないと！」

私が手掛けるのは華絵の披露宴で流すムービー制作だった。結婚式の冒頭に流すオープニング、お色直しの間に新郎新婦の生い立ちから馴《な》れ初《そ》め、現在に至るまでを紹介するプロフィール、披露宴の締めに流すエンディングの三本構成だ。新郎新婦の人柄を見せつつ、短いながらも見どころや感動をぎゅっと詰め込んだ盛り上がるムービーにしなくてはならない。業者さんに頼むとまあまあ値が張るけど、私が作ると申し出たら華絵も婚約者の飯《いい》島《じま》くんもとても喜んでくれた。

今でこそAPをやっている私だけど、数年前まではディレクターとして番組制作や編集にも直接関わっている。つまり映像制作のプロだ。プロたるもの、他社に見劣りしない出来で提出しなくてはなるまい。ましてや大切な妹の結婚式なのだから。

「うちの社長も『好きに機材使っていいよ』って言ってくれたんだ」

『えーすごい！　お姉ちゃんのとこの社長さん、すごくいい人だよね』

「そうでしょ。人格者なんだよ、千賀さんは」

この件に関して千賀さんは全面協力を約束してくれた。チルエイトの各種機材はもちろん、編集室も空いている時は使っていいと言ってくれたし、時間が合えばムービーの編集を手伝ってもくれるそうだ。私はなんていい上司を持ったのだろうと感動した。

「だからクオリティーは期待していいよ。楽しみにしてて」

『それは楽しみにしちゃうね。ありがとう、お姉ちゃん』

華絵が嬉しそうにしてくれる。それだけで、私まで嬉しくなる。

結婚式が近づいてくると気持ちが落ち込みがちになる人もいるというけど、彼女は顔を合わせる時も電話で話す時も、本当に幸せそうにしている。結婚式の日が待ち遠しいようだった。

私の結婚願望は、かつて絢さんにも打ち明けた通りすっかりしぼんでしまっている。だけど式当日に幸せいっぱいな新郎新婦を目の当たりにしたら、もう一度結婚したい熱が蘇るかもしれない。

『ムービー用の写真もね、お父さんに頼んで写りのいいやつ選んでもらったんだ』

「そっか、実家にしかないのもあったっけ」

『うん、お母さんが写っているのは私の手元にあんまりなくて。家族みんなで撮った写真をたくさん送ってもらったの。お姉ちゃんが大学入ったばかりの頃の写真とかあったよ、すごく可愛いよ！』

大学に入ったばかりというと、私が十八歳の頃か。志望校に合格したお祝いにと、わざわざ家族でフォトスタジオに行った時の写真だろうか。あれもずいぶん昔の記憶になってしまった。

「見るの楽しみだよ。懐かしいのがたくさんあるだろうね」

『あとね、私がハイハイしてた頃の写真もあるよ。お姉ちゃんはランドセル背負っててね――』

思い出が募ってきたのか、華絵は屈託なく写真について話し続ける。もう二十八歳になった妹は、それでも私と話す時はたまにこうして少女みたいな口調になった。彼女は結婚したら相手の姓を名乗る予定らしく、『浅生華絵』でいるのもあと二ヶ月ほどだ。浅生家は私と父だけになってしまうんだ、とぼんやり思った。

通話を終えた後、私は妹が送ってくれた写真データを確認する。すると出るわ出るわ、懐かしい写真のオンパレードだった。華絵がまだ生まれたてで、もみじみたいな手をした赤ちゃんだった写真もあれば、幼稚園のお遊戯会でシンデレラ役を演じている写真もある。折々の写真には当然ながら私も写り込んでいて、私まで思い出に浸ってしまった。

最後に撮った家族写真は、華絵が言っていた私の大学入学の時のものだ。

スーツを着た父と母の前で、私もおろしたてのスーツを身に着けている。どう見てもまだ『着られている』雰囲気が我ながらなんとも初々《ういうい》しく、ちょっと照れくさい。華絵は小学五年生になる年で、ぐんぐん背が伸び始めた頃だ。そのうち追い抜かれるんじゃないかって当時は心配してたっけ。

写真の中の母は顔色もよく、頬はふっくらしていて元気そうだった。わずか二年後にこの世を去るなんて信じられないくらいだ。隣で幸せそうに微笑む父も、妙にかしこまっている私や華絵も、そして優しい表情の母自身でさえこの先に起こることを知らない。

母にも華絵の花嫁姿、そして私が作るムービーを見てもらえたらよかったのに。

結婚式ムービーとテレビ番組制作は、似ているようで細部が違う。

例えばプロフィールムービーは新郎新婦の写真を使用するスライドショーなので、写真自体を映える構成にしなくてはならない。エフェクトを多用し、ＢＧＭと嚙み合うように並べなくてはいけないし、出席者が写真一枚一枚をちゃんと眺められる程度の静止時間も必要だった。

またムービーは披露宴会場でプロジェクターを使って上映するため、マージンの取り方も一般的な動画とは異なる。油断していると端っこが見切れてる、なんてことも起こり得るので注意だ。広い会場内のどこに座っていても読めるようテロップも見やすく大きめにしなくてはいけないし、そうなると少ない文字数で伝わるように入れなくてはならない。今回の結婚式場ではＤＶＤでの上映しか受け付けていないそうなので、納品の際は事前に焼いておく必要がある。

一度経験しているとはいえ、仕事と勝手の違うムービー作りは思っていたより簡単ではなかった。しかも今回は私の単独作業だ。番組制作ならみんなで行う工程を、ネタ探し、構成、演出、オフライン編集、音入れ、テロップ作成、本編集、納品に至るまで全てたった一人で行うのである。

もっとも私は孤独ではなく、心強い味方がいた。

尊敬すべき上司、千賀さんだ。私が仕事の合間に編集室にこもっていれば、時々様子を見に来て、アドバイスをくれた。

「フレームがズレてるんじゃないか？　エフェクトの入りが合ってないぞ」

「えっ、そうですか？　あとで直しておきます」

「ＢＧＭのリズムとスライドのタイミングもおかしいな。この曲は三拍子だから」

「あ、確かに……それも直します」

「ここだけ直してもズレていくだけだろうし、段積みからやり直したらどうかな」

「そ、そうですね。仕方ないかあ……」

アドバイスというか、本気のプロデューサーチェックをしてもらっている。

ここ数年はAPとして千賀さんと接していた私だけど、入社したての頃はADとして収録でも編集でもびしびし直接指導されていた。その頃の私は典型的な、やる気だけはある新人だったため、千賀さんもさぞかし手を焼いたことだろう。こうしてしごかれているとあの頃の思い出が蘇ってきて、楽しいような、若干情けないような。

「まさか今年度になって君の編集を指導することになるとはね」

千賀さんもそう言って笑っていた。

「私も、入社十四年目でまだ習うことがあるのかって思います……」

「いやいや。この業界は日進月歩、いつだって学ぶことばかりだよ」

全く、反論の言葉もございません。

そして十四年目の私がムービー作りに手こずっているところを、他のスタッフもちょこちょこ応援しに来てくれる。私の仕事の合間は大抵みんなにとっても合間なので、作業中ふと振り返ると、狭い編集室にみんなが覗きに来ている、なんてこともしばしばだった。

「わあ、これ浅生さんの写真ですか？」

古峰ちゃんが、プロフィールムービーに登場した家族写真に歓声を上げる。

それはまさに私が母と最後に撮った写真であり、大学に入学したばかりの私と、小学生だった華絵、そして両親が写っていた。今の古峰ちゃんよりも年下の私を見て、彼女は楽しそうにはしゃぎだす。

「面影がありますね！　浅生さん、初々しくて可愛いです！」

「学生時代ですか？　ショートもすごく似合ってますね！」

恵阪くんも一緒になって編集画面を覗き込んでは、零れるような笑顔で言ってきた。

職場の人たちに十代の頃の自分を見られるのは非常に恥ずかしいものだ。まだ幼い印象がある十八の私は、メイクも今ほど上手じゃなければスーツだって似合っていない。家族写真に照れがあるのか、妙にかしこまった笑い方をしているのもきまりが悪くていたたまれない。

「大学入学したての頃だよ。もう大昔の写真だからね」

私が面食らっていれば、土師さんまでもがモニターをしげしげと眺めてきた。

「十八歳の浅生を見てるって、不思議な感じがするな」

「恥ずかしいからあんまり見ないで。みんな集まりすぎだよ！」

編集室のメインモニターに五人で押し合いへし合いしながらかじりついている。

大体、私が十八なら同い年の土師さんだって大学入りたての頃だろうし、恵阪くんは華絵と同じ小学生、古峰ちゃんに至っては小学校に入学したかどうかという年齢のはずだ。

この先チルエイトに入社して、番組制作に携わる将来だって予想もつかなかっただろう。そんな頃の写真をみんなにも提出してもらいたい。きっと同じいたたまれなさを味わうはずだ。

「お、やってるやってる。大盛況だな」

後からやってきた来島さんが、混み合う編集室を見るなりそう言って笑った。モニター前が満員御礼なので空いていたソファーに腰を下ろし、にわかに懐かしそうな顔をする。

「こうして浅生さんがムービー作ってるの見ると、千賀さんの結婚式を思い出すなあ。あの時は俺と浅生さん、それに久住とで作ったよな」

「そうでしたね。もう十年は前の話なんですね」

十年前となると土師さんはまだ前の会社にいたし、惠阪くんや古峰ちゃんもチルエイトに入社していない。この場にいて当時のことを知っているのは私と来島さん、それに千賀さんだけだった。

「思い出すよ。来島には結婚式のスピーチも頼んだっけ」

千賀さんがそう口にした瞬間、土師さんと惠阪くんと古峰ちゃんは全く同じ表情を浮かべてみせる。何をスピーチしたのか、大方の想像がついたようだ。

「来島さんなら『夫婦はキャッチボールのようなものです』は言ってるな」

「『お二人の門出にプレイボール！』とかも言いそうじゃないですか」

「むしろ来島さんに頼む時点で振りですよね。鉄板ですもん」

三人が口々に言うと、来島さんは照れくさそうにしていた。

「そんなにわかりやすいかね。ま、我ながらいいスピーチができたと思ってるよ。少なくとも千賀夫妻には大ウケだった」

「うちの妻は『来島さんなら言うと思った！』って大笑いしてたよ」

出席した私も、あのスピーチでは確かに笑った記憶がある。もちろん絢さんと同じ理由でだ。お蔭で披露宴会場の空気は一気に和み、とてもいい式になった。ちなみに三人のスピーチ予想はほとんど当たっている。

「妹さんの式では、浅生さんも挨拶するの？」

「いえ、頼まれてるのはムービーだけです。当日は妹や父のサポートもあるので」

うちは母がいないし、親族で出席するのも私と父の二人だけだ。当日はどうしても忙しくなるだろうから、スピーチなどは辞退することにした。

「それに、式では号泣すると思うので。これぱっかりは防ぎようがないですからね」

絶対泣く。まだどんな結婚式になるのかもわからないけど、それだけは確信があった。

もちろん悲しみの涙ではなく嬉し泣きだ。

「だったら余計に、素晴らしいムービーを作っておかないとな」

千賀さんの言葉に私は頷いた。式当日に思いっきり、心置きなく号泣するために、完璧なムービーを仕上げたいと思っている。

結婚式ムービーの納品期限は五月半ば、式の一ヶ月前となっていた。つまりあと二週間だ。本番前に試写も行うとのことで余裕を持った締め切りを設けているそうだ。

一方、『マヨナカキッチン』の公開収録イベントは四月のうちに番組内で告知が行われている。六百五十席のチケットは早々に完売となり、SNSでも当日を楽しみにするファンの声がちらほら見られた。私としても客席がちゃんと埋まることにひとまずほっとしている。

現在は公開収録に向けて内容を詰めている段階だ。五月に入ってすぐ、私たちは文山さんをチルエイトにお招きして打ち合わせを行った。

チルエイトの会議室に文山さんとスタッフが入り、テーブルを囲んで座っている。本当は千賀さんにも同席してもらいたかったけど、本日は別件の会議があり不在だった。なので参加者は文山さん、土師さん、惠阪くん、古峰ちゃん、そして私の計五人だ。

「イベント運営会社の方から当日のステージ設営について連絡がありまして、ステージ上では火気厳禁とのことです」

私がそう伝えると、文山さんは特に驚く様子もなく頷く。

「では当日はＩＨ調理器などを使用することになりますか？」

「そうですね。電源に関しては問題なく使える設備があるので、調理器の他、電子レンジやフードプロセッサー、フライヤーなどもご用意できます」

　本日の打ち合わせでは、イベント当日の設備などを説明した上で文山さんに公開収録用のメニューを決めてもらう予定だった。会場はキャノピー付きの屋外ステージとなっており、カセットコンロなどの使用は運営会社からNGが出されている。従って、収録中に作れるメニューも限られてくる。

「当日はステージ上に簡易キッチンセットを組むため、水道の使用も可能です。水量についても一回の調理で使用する分は余裕で賄えるかと」

「つまり、水と電気は使えるというわけですね」

　恵阪くんが続けた説明に、文山さんが考え込むように目を伏せた。

「ただ、ＩＨ調理器にはコンロほど火力が出ないものもありますし、例えば炒飯《チャーハン》などのようにコンロの上で鍋を振るような調理法はできません。イベントであれば時間が押すのはまずいでしょうし、メニューについては吟味《ぎんみ》が必要でしょうね」

　調理に時間が掛かってイベント終了に間に合わなくなる、なんてことが公開収録の場であってはならない。スタジオ収録と違ってステージには後続のプログラムもあるし、チルエイト以外にも多くの企業が関わって作り上げるイベントなので、普段よりタイトなスケジュール割が求められる。

「今回はコラボメニューとの兼ね合いもあります」

土師さんがそこで少しだけ眉を顰めた。

「チーフプロデューサーの方からいくつか注文が来ておりまして、見た目に映える要素があり、メニュー名にもぱっと目を引く印象が欲しいとのことでした。また夏季イベントということで、食材にはことに配慮して欲しいそうです。もちろん露店でも提供しやすいメニューを、と言われております」

「民谷さん、本当に注文多いですね」

率直なコメントを古峰ちゃんが零したからか、文山さんも口元をゆるませる。

「確かにそうですね」

もちろんフードコーディネーターにメニューを外注する手もあった。ただ『マヨナカキッチン』はずっと文山さんのアイディアと技術に支えられてきた番組だ。負担も大きいだろうけど、ここは文山さんの発想に期待したい。

「今考えているのは、夏らしく冷たい麺のメニューなんです」

文山さんには既にアイディアがあるようで、私たちに向かって語り始めた。

「やはり七月であれば熱々のメニューよりは冷たいものが受けるでしょうし、火力に不安がある以上はあまり加熱の工程を挟まない方がいいと思うんです。もっともコラボメニューでもご注文いただいているので、日持ちのする食材を使うなどの工夫も必要になりますが」

「麺類であれば、茹《ゆ》で時間の確認も必要になりますね」

私がそのようにメモを取ろうとした時、文山さんがかぶりを振る。

「いえ、今回は鍋で茹でないメニューにしようかと思うんです」

スタッフ一同が、その瞬間揃ってきょとんとした。

私も思わず聞き返す。

「茹でないんですか？　ええと、それでは……」

確かに私も冷凍うどんやパスタは茹でない派だ。大体の麺類は電子レンジでどうにかなる。しかし文山さんがそういう調理法を公開収録の場で試すとは――。

「最近教わったのですが、ビーフンはレンジ調理ができるんです」

文山さんがほんのわずかな時間、私の方を見た。

すぐにみんなへ向き直り、満足げな様子で続ける。

「そこで電子レンジを使い、冷たいビーフンを作ろうと考えています。冷製ビーフンのカッペリーニ風、とすればメニュー名は格好つくかなと。いかがでしょうか」

「いいですね！」

すかさず、古峰ちゃんが嬉しそうな声を上げた。

「カッペリーニって意味が微妙にわかるようなわからないような感じで、思わず食べてみたくなります」

「麺を電子レンジで調理というアイディアもいいかもしれませんね。調理時間を短縮できるでしょうし、公開収録にはもってこいかと」

土師さんも文山さんの案には肯定的のようだ。

ただ私は密かに冷や汗をかいた。ビーフンのレンジ調理を教えたのは私だ。時短になるのは本当だし便利でもあるけど、文山さんとしてはそれでいいのだろうか。

「文山さんもレンチン調理とかするんですね！」

惠阪くんは驚き半分、感心半分で尋ねている。

「ええ、最近試すようになったんです」

「実は俺もよく、炊飯器で料理したりするんですよ」

「炊飯器？　ご飯を炊くだけではなくて、ですか？」

「煮物もできるしケーキとかも焼けるんです！　すごいんですよ炊飯器は！」

意気揚々と語る惠阪くんに対し、文山さんは興味深そうに聞き入っていた。文山さんに空前の時短料理ブームが訪れそうな気配を感じ、私はいよいよ焦り始めた。料理上手な芸能人として売り出し中の彼に余計なイメージがつくと、向井さんに叱られたりしないだろうか。

ともかく、公開収録で作るメニューの大枠は決まった。

「あとはビーフンのソースを考えておきます。こちらはコラボメニューとしての注文通り、しっかり火を通した食材で構成するつもりです。それと映えがあるように、でしたね」

民谷さんからの無茶振りみたいな注文にも、文山さんは応えてみせるつもりのようだ。さすがは『マヨナカキッチン』の名シェフ、頼もしい限りである。

「我々としても文山さん、そして郡野さんをしっかり支えて公開収録に臨む所存です」

土師さんが力強い口調で文山さんへ告げた。

「今回のイベント、『マヨナカキッチン』一同で必ず成功させましょう」

「ええ、必ず」

文山さんが笑顔で応じ、それに続くように私と恵阪くんと古峰ちゃんが頷く。夏にやってくるビッグイベントも、いい感じに団結して乗り切れそうだ。

打ち合わせは終始和やかな雰囲気で終わった。やり遂げた達成感の中で各々が席を立った時、ふと文山さんが私の顔を見る。その後で気遣うように聞かれた。

「浅生さん、今日は少しお疲れに見えますが、大丈夫ですか？」

ＡＰと花嫁の姉の二足の草鞋を履いているこの頃、気がつけば後者の締め切りがもうじきだった。お蔭で気持ちがせかせかと忙しなく、それが肉体疲労にも反映している気がする。

文山さんが気にしてくれているようなので、世間話ついでに打ち明けておく。

「妹の結婚式が来月にあるんです。それで準備に追われていまして」

「そうなんですか！　おめでとうございます」

「ありがとうございます、妹に伝えておきます」

華絵も『文山さんからお祝いの言葉を貰ったよ』と聞かされたら驚くだろうな。是非伝えておかないと。

「浅生さん、ムービーの進捗どうですか？」

古峰ちゃんが冗談半分に尋ねてきたので、私も軽口で答える。

「まあ、ぼちぼち。締め切りには間に合う、はず」

「今日は千賀さんいないし、後で見てやろうか？」

土師さんがそう言ってくれたけど、さすがにちょっと躊躇した。

「忙しいのに、いいの？　手伝ってもらえたら助かるけど……」

夏祭りの準備に追われているのはAPだけではない。むしろディレクターは現場責任者だから、制作体制の設計に香盤表作りにと今からやるべき仕事はいくらでもあるはずだった。

そんな時に個人的な頼み事をするのは気が引ける。二の足を踏む私を、土師さんはあっさりと笑い飛ばした。

「大した手間じゃないし気にするなよ。ご祝儀だと思えばいい」

その一押しには思わず口元がゆるむ。正直、手を借りたいと思っていたのだ。

「ありがとう！　実はフレームがちゃんと合ってるか気になってて」

「わかった。必要なら俺が手直ししておく」

「わあ、助かる！　千賀さんにこれ以上負担掛けたくないからさ」

段積みからやり直した方がいいと言われてその通りにはしてみたものの、以降千賀さんに見てもらう暇がなかった。多忙な社長の手をこれ以上煩わせたくない気持ちもあるし、千賀さんには格好悪いところを見せたくないのも本音だ。

「いっそ俺たちで、千賀さんも舌を巻くほど完璧なムービーに仕上げましょうよ！」

恵阪くんが張り切って言ってくれたので、ちょっとほろりとしてしまう。

「嬉しいな。みんなに助けてもらったらきっと完璧な仕上がりになるよ」

「なんか替え玉受験みたいっすね！」

「いや言い方！　その表現はどうかと思う！」

思わず突っ込むと恵阪くんも古峰ちゃんも、土師さんまでもが楽しげに笑った。

文山さんは、不思議そうな顔で成り行きを見守っていたが、疑問に思ったのか、

「浅生さんがムービー制作をするんですか？」

と尋ねてきた。私のことをAPとしてしか知らない文山さんなら、当然の疑問かもしれない。

　私より早く、土師さんが答える。

「浅生は昔、ディレクターもやっていたんですよ。何本か番組も作っております」

「俺は浅生さんの作った番組を観て、チルエイトに入社を決めたんです！」

　恵阪くんがそう続けて、文山さんは感心したような面持ちになった。

「そうだったんですか」

　とは言え今となっては、昔取った杵柄《きねづか》はすっかり錆《さ》びついてしまった。

「これを機にディレクションも一から勉強し直そうかな。このまま忘れていくのももったいないよね」

　そうぼやいたら、みんなも気に掛けてくれたのか口々に言われた。

「俺が鍛え直してやるよ。一週間みっちりやれば取り戻せるだろ」

「ええ……絶対厳しいでしょ。優しくしてくれるならいいけど」

「じゃあ俺が教えますよ！　ディレクターになるまで待っててください！」

「えっ、あとどのくらい掛かりそう？」

「いっそＡＤから一緒にどうですか？　まずはお弁当の発注から！」

「そこから⁉　さすがにその基礎はもうやり慣れたかなって……」

　からかわれつつ、励ましてもくれているんだろう。私がおかしさを嚙み殺していたら、ちょうど文山さんもこちらを見ていた。

少し難しい顔をしているようにも見えたのは、人に歴史あり、なんて思っていたのかもしれない。

六月半ばの土曜日、私は華絵の結婚式に立ち会った。

関東地方は既に梅雨入りを迎え、朝からしとしとと静かな雨の降る日だった。私は黒いフォーマルワンピースを着て、タキシード姿の父と共に妹の晴れ舞台に臨んだ。

式場は港区《みなと》にある高級ホテルで、併設するチャペルで厳粛《げんしゅく》な雰囲気の結婚式が執り行われた後、眺めのいい高層階で披露宴が催された。出席者は百人ほどで、そのうち半数近くが新郎新婦の職場の人々だ。その他に共通の趣味を通じた友人も大勢いた。親族席は一つのテーブルで事足りる人数しかおらず、私と父は飯島くんのご親族と同じ卓を囲んだ。飯島くんは四人きょうだいの三番目だそうで、私は彼のお兄さん夫妻とお姉さんと妹さん、それにご両親から次々にお酌《しゃく》をされてしまった。

「霧歌さん、是非一杯どうぞ」

「テレビのお仕事されてるんですって？」

「あ、グラス空ですよ。よかったら注がせてください」

披露宴の間に通算でビールを七杯、ワインも三杯くらい飲んだ。だけど不思議と、全く酔えなかった。

私が作ったムービーは予定通りに披露宴で流された。新郎新婦のリクエストを受けて作ったバラエティー番組風のオープニングムービーはウケがよかったし、プロフィールムービーもフレームにズレのない完璧な仕上がりで好評を博したようだ。飯島くんのご親族だけでなく、出席者からもお褒めの言葉を貰えて、嬉しくも誇らしくもあった。

だけど一番誇らしく思えたのは、ウェディングドレスを身にまとった華絵の姿を見た時だ。

真っ白なAラインのドレスを着て会場内をしずしずと歩く彼女は、誇張なしに世界で一番美しい花嫁に見えた。白い手袋を嵌《は》めた手を新郎としっかり握りあわせ、時々楽しそうに笑いあったり、出席者の祝福の声にはにかんだりする姿に胸が詰まった。小さな頃は私があの手を引いてあげたこともあったけど、今では自らの力で唯一無二の幸せを掴んでいる。

披露宴の終盤ではサプライズとして、花嫁からの手紙が読み上げられた。

父と共にスポットライトの下に照らし出された私は、同じく照明を浴びてきらきら輝く華絵からの言葉に耳を傾けた。

『お姉ちゃん、いつも傍にいてくれてありがとう。お母さんが亡くなった後、お姉ちゃんが美味しいご飯を作ってくれたから私は元気に過ごせていたし、東京でも一緒に暮らしてくれたから夢を叶えることもできました――』

マイク越しに聞く妹の声は震えていて、私も感極まって泣き出してしまう。あの子が幸せでよかった、飯島くんという素敵な人に巡り合えてよかった。心からそう思った。

同時に、とてつもない寂しさ、大切なものを失くした虚無感も覚えていた。

「霧歌があんなに泣くとはなあ……」

披露宴が終わり、出席者を見送った後、私と父は新郎新婦に挨拶をしてから式場のホテルを後にする。父の言う通り、私は泣きすぎて声も嗄れてしまったし、瞼《まぶた》も腫れぼったくて重たかった。

「そりゃ泣くよ、可愛い妹の結婚式だもん」

「にしても予想以上だった。目が腫れてるから、帰ったら冷やすんだよ」

そう話す父の顔にも疲労が色濃く出ているようだ。ネクタイも未だにきっちり締めたまま、ネイビーの傘の下で弱々しく微笑んでいた。

雨はまだ降り続いていて、路上の水溜まりに東京の街明かりが滲んでいる。

「お父さんこそ疲れたんじゃない？　タキシードも着慣れないだろうし」

「まあ、ちょっとは。知らない土地っていうのもあるかな」

父は今日のために単身上京しており、今夜は近くのビジネスホテルに部屋を取っている。

私の家に泊まってもらってもよかったけど、披露宴後に都心から町田までの移動はかえって疲れるだろうとホテル泊を勧めた。明日は飯島くんのご両親とランチを共にした後、夕方の飛行機で地元へ帰る予定だ。私も羽田まで父を見送るつもりでいる。

「明日は無理しなくていいから。華絵たちが見送りに来てくれるって言うし」

気遣う言葉をくれた父に、私はやんわり反論した。

「私だって行くよ。次はいつ会えるかわからないでしょ」

ちょうど土日でロケの予定もなく仕事は休みだ。帰省する暇もなかなかない私にとって、父と顔を合わせる機会は貴重だし、大切にしたかった。もっとも今夜はお互い疲れているし、このまま解散する方がいいだろう。

土地勘のない父を宿泊先のホテルまで送り届けると、父は軒先で傘を閉じながらこう言った。

「お母さんも華絵の晴れ姿を見てたかな」

私は一瞬言葉に詰まる。

雲が立ち込めた夜空を見上げる父の横顔は、満ち足りているようでもあり、寂しげでもあった。

「見てたと思うよ、きっと」

心にもないことを答えた罪悪感が胸を過ぎる。

母を亡くしてから十五年、私は一度として『天国の母が私を見に来ている』という実感を得たことはなかった。ずっと大切なものを失くした空しさと、ろくに親孝行もできなかった後悔だけがあり、それはたとえ私が料理を頑張っても、仕事が充実していても、妹の幸せを見届けても埋められるものではない。

でもそんな内心を、馬鹿正直に言う必要もない。

父はどう思っているのだろう。私に向き直って、優しく笑んだ。

「そうだろうな。――じゃあ、おやすみ。霧歌」

「おやすみなさい、お父さん」

ビジホに入っていく父を見届けた後、私もまた帰途に就く。

小田急線に乗るために新宿まで戻ってきた。通勤でも毎日使う新宿駅構内を歩きながら、ふと職場に立ち寄りたい衝動に駆られた。今日は土曜日だからチルエイトも休業日で、『マヨナカキッチン』撮影班も休んでいることだろう。だけど無性にみんなの顔が見たくなった。

久住さんたちのスケジュールはどうだったかな――と考えかけて、さすがにどうかと思い直す。人恋しさから職場に押しかけるなんて褒められたことじゃない。

かといって、こういう時に声を掛けられるような相手はいなかった。めちゃくちゃ泣き腫らした顔をしていても何も聞かずに楽しく付き合ってくれる人は、絢さんくらいだ。その絢さんも今では家庭があるし、もしかしたらロケだったかもしれないし、どちらにせよ土曜のこんな夜遅くに呼び出すのはためらわれた。

結局、他に当てもないのでそのままロマンスカーで町田へ帰る。

「ただいまー……」

誰もいない自宅に着いたのは午後十時過ぎで、慣れないヒールとフォーマル服のせいかへとへとだった。相変わらず一向に酔いが回る気配はなく、だからといって一人で飲み直す気にもなれず、ただ小腹は空いたので夜食は作ろうかとキッチンに向かう。

そこでふと、スマホがメッセージを受信していることに気づいた。

『妹さんの結婚式はいかがでしたか？　浅生さんが作られたムービーは、きっと見る人の心に届いただろうと思います。今度、是非お話を聞かせてください』

文山さんからだ。

結婚式の日取りについては、世間話のついでに文山さんにも打ち明けてあった。でもそれを覚えてもらっていたことも、こうして気に掛けてもらえたことも予想外だ。さっきまで寂しさを噛み締めていたのもあり、私は口元がゆるむのを感じていた。

もちろんすぐに返信する。

『妹の新しい門出を見送ってきまして、少し寂しい思いをしていたところです。気に掛けてくださりありがとうございます』

ちょっと、硬いかな。

しかし文山さんが相手だと砕けていいのかどうかもわからない。変に馴れ馴れしくして失礼だと思われても嫌だし、こんなものでいいか。

スマホを置き、今度こそキッチンへ行こうとした時だ。再びスマホがメッセージの受信を知らせた。

『もしお疲れでなければ、今、少しお話ししませんか？』

「――今？」

思わず声が出る。

てっきり次の収録で会った時に、という話なのかと捉えていた。いやそれよりも、今、既に家へ帰ってきた私とどうやって話を――その答えはメッセージのすぐ下に記されている。

ウェブ会議サービスの招待アドレスだった。

予想外の提案に頭がショートしかける。てっきり電話でもしようと誘われたのかと思った。それだってきっと緊張しただろうに、ましてや文山さんの顔を見ながら話そうなんて緊張どころの話ではない。

でも、せっかくの誘いだ。文山さんだって私の胸中を推し測って申し出てくれたのだろうし、無下にもしたくない。それに何より、こんな夜は誰かと話がしたくてたまらなかった。

冷静に、平常心でと言い聞かせながら返信する。

『今から夜食を作ってきます。十分後でいかがでしょうか？』

文山さんを十分も待たせる神経の図太さは大したものだと自分で思った。だけどオンラインで話すならメイクも直したかったし、お腹は空いていたし、気持ちをクールダウンする時間だって必要だ。そのために料理をする。

今夜は『ほくほく新ジャガのポテトミルクスープ』を作る。

新ジャガは春から初夏にかけて味わえる格別のごちそう食材だ。自宅キッチンに包丁がない私にとって、皮ごと食べられるので剥く手間がない新ジャガは楽で美味しい一挙両得の存在でもある。

『えっ、皮を剥かないいんですか？』

『皮ごと食べても美味しいのが新ジャガのいいところなんだ』

スタジオでの収録中、郡野さんと文山さんがそんなやり取りをしたのもまだ記憶に新しい。

お二人が調理する工程を思い起こしながら、私もエプロンを着けてキッチンに立った。

まずは新ジャガを流水でよく洗い、ぴかぴかになったところで時短のためにレンジで加熱する。小ぶりのジャガイモなのでキッチンバサミでも楽々切れるのがいい。

他の具材は買い置きのキャベツとウインナーだ。『マヨナカキッチン』ではベーコンを使っていたけど、お肉の加工食品という点でベーコンとウインナーは親戚のようなものだろう。キッチンバサミを使い、キャベツはざく切り、ウインナーは輪切りにする。そして鍋にバターを溶かしたら具材をさっと炒め、キャベツがしんなりしてきたら水とコンソメを投入した。

キッチンにバターとコンソメスープの美味しそうな香りが漂い、いよいよお腹が空いてくる。

『ジャガイモに火が通ったか確認するには、竹串を使うのが一番いい』

文山さんは丁寧に、ジャガイモに竹串を刺して火の通りを確かめていた。でもうちのキッチンには竹串もないし、そもそも時短のためにレンチンしたので問題ない。ジャガイモを一つ、試しに軽く潰してみて確かめる。鍋の中で薄い皮がするりと剝け、ジャガイモの身は柔らかく潰れた。大丈夫そうだ。

『最後の仕上げに牛乳を加えて煮立たせないように温めつつ、塩コショウで味を調える』

『牛乳は火が強すぎると分離しちゃうんですよね』

お二人の会話を思い出しながら火を弱めて牛乳を注ぎ入れ、味見の上で塩コショウをする。まろやかで優しい味の、ポテトミルクスープに仕上がった。

夜食の準備ができたので洗面所へ駆け込んで軽くメイクを直し――鏡に映る私はあからさまに泣いた後の顔をしていて、そこは修正不可能だった。ビューラーで睫毛を上げ、リップを塗り直し、シニヨンに結った髪も整えると、人前に出られる程度の顔にはなった気がする。

黒のフォーマルワンピースは着たままだった。どうせクリーニングに出すのだし、そもそも文山さんに見せられるランクの部屋着なんてすぐには取り出せない。出来上がったスープを一番きれいなスープ皿に盛り、パソコンをローテーブルに置いたところでオンライン飲みならぬオンライン食事会の準備ができた。

深呼吸をしてから、パソコンで文山さんに繫ぐ。

『――こんばんは、浅生さん』

十四インチのモニターに映し出された文山さんが、安堵したようにはにかんだ。無地の白いTシャツ、というオフ感にまずどきっとする。鼻筋の通った顔立ちはパソコン画面越しに見てもやはり整っていたし、恐らくノーメイクだろうに肌の艶《つや》がきれいだった。湯上がりなのだろうか、髪は乾きかけのようにふわふわしていて、筋張った手がそれを無造作にかき上げる。

「こ、こんばんは。夜分遅くにすみません」

私は緊張と動悸を押し隠しながら挨拶を返した。

『いえ、こちらこそ。急なお誘いですみません』

文山さんはグリーンのファブリックソファーに腰かけているらしく、画面からはその広い背もたれが見えた。背景は白壁で、たくさんの本を収めたシェルフと青々としたウォールプランツも映っている。並んだ本の背表紙はおぼろげにわかる程度だったけど、ムック本からハードカバー、洋書とおぼしき本まで多岐にわたっているようだ。

「お誘いは全然、嬉しかったです。やっぱりちょっと寂しくて……」

私は私自身とこの部屋が向こうのモニターにはどう映っているのか、にわかに気になった。あれほどライティングが大事だと言われていたのに、リングライトの一つもないことを今更悔やんでも仕方がない。室内はそこまで散らかってはいなかったはずだけど、パソコンを載せたローテーブルには湯気の立つポテトミルクスープと並んでフォーマルバッグが置きっぱなしだ。それを慌ててテーブルの下にしまい、恥じ入りながら続ける。

「あんまり人恋しいので会社に寄ろうかと考えたくらいです」

『今日はチルエイトさんはお休みじゃないんですか？』

「休みです。だから誰もいなかったと思います」

『俺はお誘いして正解だった、ということですね』

文山さんが笑った。その時生じた数フレーム分くらいのわずかなラグが、『今』が映し出されていることを強く意識させてくる。

とりあえず、人心地つこう。

「あの、お夜食いただきますね」

私はスープ皿を軽く持ち上げ断った。

『どうぞ。俺は水でお付き合いします』

そう言って、文山さんはミネラルウォーターのボトルを掲げる。ビジュアルが資本の芸能人は、こんな時間に何か食べたりはしないのだろう。

多少の後ろめたさは感じつつ、スープを一口、音を立てないように気をつけながら啜った。温めたミルクの甘みとコンソメの旨味、そしてバターの濃厚な味わいが溶け合わさってほっとする味に仕上がっている。キャベツは微かに歯ごたえが残ってシャキシャキしており、炒めたウインナーは皮に弾力が加わって、嚙んだ瞬間にぷちっと弾ける食感がいい。

主役の新ジャガはほくほくに火が通っていた。しっとりと甘みのあるジャガイモに、火を通しても尚瑞々しい皮の柔らかさがとても美味しい。火の通りを見るために潰したジャガイモは、ミルクスープに馴染《なじ》んでとろける味わいになっているのが、これはこれでいい。

前にみんなで食べたきつねうどんもそうだけど、疲れた夜に食べる温かい汁物は心ごと包んでくれるような優しさがある。お腹が温まると気持ちがほどけて、大きな安堵の溜息が出た。

『今日は何を作られたんですか？』

「ポテトミルクスープです。前の収録で文山さんたちが作られていた」

『いいですね。くたびれている時は温かいスープが美味しいですよ』

「はい。結構上手にできたと思います」

いくらか気分も落ち着いて、改めて今日一日の出来事が脳裏に蘇ってくる。

いい結婚式だった。

今更恥ずかしくなるくらい泣けてしまった。

「すみません、目腫れてますよね。いっぱい泣いてしまって」

私が詫びたからか、文山さんはこちらを案じるように目を細める。

『気になるほどではないですよ。それに、妹さんの結婚式なら涙が出るのも仕方ないことです』

「だといいんですけど……なんか、いろいろ思い出しちゃって」

『お気持ちわかります。俺にも姉がいるので』

そういえばプロフィールにも、芸能界入りを勧めたのはお姉さんだったと書いてあった。

「文山さんも、お姉さんが結婚される時は寂しくなりましたか？」

私が尋ねると、文山さんは答えに迷うように一瞬黙った。

一口水を飲んでから、ためらいがちに切り出す。

『そうですね……。俺の場合は、姉の結婚式には出られなかったので』

「お仕事だったんですか?」

『いえ、その。いろいろ問題があった時期なので、相手方に出席を断られてしまって――』

まずい話題に触れたかもしれない。

しまったと思う私と同じくらい、文山さんも居心地悪そうに続けた。

『姉は最後まで食い下がってくれたのですが、やはりマスコミが来てはお祝い事に水を差すだろうという判断になり……やっぱり寂しかったですし、姉の門出を祝えなかった後悔もあります』

身内の結婚式にも出られないなんてあんまりだ。とはいえマスコミの動きに対する懸念もわからなくはなく、私は一言絞り出すのがやっとだった。

「辛かったですね……」

『すみません、こんな湿っぽい話をしてしまって』

「全然大丈夫です。お気になさらず」

『浅生さんのお話も聞かせてください。素敵な式だったんでしょう?』

もちろん、そうだった。華絵は世界一美しくも可愛らしい花嫁だったし、飯島くんも大変格好いい花婿だった。出席者はみんな心から二人の幸せを祝福しているようだったし、式場はきれいなホテルで大きな窓から東京都心の夜景と東京タワーが見えた。ディナーはフランス料理だった。味は覚えていない。お酒もたくさん飲んだのに全く酔えなかった。

そういう出来事が、どうしてか言葉にできそうにない。

人に話すべきことではないような気がする。妹の晴れの日に、幸せな日に、私が本当は何を思っていたか。多分言ってはいけないことだ。

「まあ、そうですね。いい式だったと思います」

結局濁《にご》すような言い方になってしまって、モニターの中の文山さんも怪訝そうな顔になる。オンライン中にもかかわらず、そのまま気まずい沈黙が落ちた。

ここは無理にでもテンションを上げておこうか。私は気持ちを奮い立たせようとスープをもう一口啜る。そして深呼吸をした時だ。

『浅生さん、提案があるのですが』

タイミングを見計らったかのように、文山さんが言った。

『ここからは敬語抜きで話しませんか？』

それは全く予想だにしなかった提案だ。

「敬語抜きですか？　それはちょっと、さすがに」

タレントさん相手にタメ口を利くというのは、千賀さんが一番禁じていることだ。どれほど長い間仕事をご一緒しても、そのうちに親しくなれたとしても、出演者に対する礼儀だけは忘れてはいけないと口酸っぱく言われている。だから文山さんの言葉にもちろん面食らった。

『前から思ってたんです。浅生さんとはもっと普通にお話がしてみたいと――』

そう言いかけた文山さんが、表情を引き締めて言い直す。

『浅生さんと、チルエイトの皆さんみたいに話してみたかった。もっとフランクというか、仲良くというか……冗談や軽口も叩き合える距離感っていうのが羨ましくて。駄目かな？』

懇願するような、困り顔の微笑がモニターに映り、私はいよいよ答えに窮した。

今は仕事中ではないし、千賀さんの教えもそこまで遵守しなくていいのではないだろうか。他でもない文山さんにこんな頼み事をされて『駄目です』なんて言えるわけがない。

あとは、私の適応力が試される。

「そこまで仰るなら、頑張ってみます――頑張る」

なるべく自然に応じたつもりだったけど、多少はぎこちない返事になっていたはずだ。

文山さんが、今度は満面に笑みを浮かべた。

『ありがとう。ところで言いそびれてたんだけど、その髪型、素敵だな』

「え？　そう……かな？」

結婚式だからと気合を入れて作ったシニヨンを見て、彼は続ける。

『すごくよく似合う。最初に見た時可愛くて、ちょっと照れたな』

強烈な先制攻撃のジャブが飛んできた。

私はそれをまともに食らい、慌ててスープを飲む振りで俯く。あれだけ飲んでも回らなかったアルコールがじわじわ遅れてやってきたようだ。頭がくらくらした。

「あ、ありがとう」

どうにかお礼を言ってから、ペースを乱すまいと話題を戻す。

「あの、結婚式の話なんだけど」

『うん』

そんな短い返答すらいつにない距離の近さを感じて、無性にどきどきした。

「私は二十二で就職のために上京して、二十三の時から妹と二人で暮らしてた。妹も東京の高校に通いたいって言ったから——早くに母を亡くしたから、妹は私のところにいたかったんだと思う」

母の死から、家族の誰もがまだ立ち直れていなかった頃だ。華絵は父の傍ではなく、私と一緒にいることを選んだ。その気持ちは姉としてよくわかる。

文山さんは黙っていたけど、驚いたように目を瞠《みは》ったのが見えた。

「妹と一緒に住んでいたのは一昨年までだから、十一年間。就職してからほぼずっと姉妹二人暮らしだった。だから妹の成長をずっと見守ってきて、多分その終着点が今日だった。だから私、燃え尽きたような気持ちになってて……」

『燃え尽きた？』

聞き返されて、頷く。

「私がこの世でやるべきことって、もう何もないような気がして。もう本当に、妹の花嫁姿を見て満足しちゃった」

華絵が世界一幸せな花嫁なら、私は世界一幸せな姉だった。

ずっと彼女の幸せを願ってきた。それが叶った今、私に他の望みなんてない。

『そんな、浅生さんだってまだ俺より若いのに』

文山さんが笑うのもわかる。あとは余生を静かに過ごす、なんて三十五歳には早すぎるだろう。

「もちろん、全く何もないってわけじゃない。幸い私には仕事があるし——今の仕事は楽しいし『マヨナカキッチン』はやりがいがあって刺激的な現場だから、そういう意味ではまだ充実してるけど。仕事以外にはやりたいこと、特に思い浮かばないなって」

正直に打ち明けたら、今度はとても心配そうにされた。

『浅生さん、疲れ切ってるみたいだな』

「かもしれない。妹の結婚式を見たら自分も結婚したくなるんじゃないかって考えたりもしたけど、ちっともそんな気起こらなかったな……」

私の結婚願望はついぞ蘇らず、むしろ花嫁の姉として役割を果たせたことにすっかり満たされてしまっている。そもそも私、どうして結婚したいって思ったんだっけ。単に一人でいたくないから、だけだったような気さえする。

『俺はそんな気持ちにまだ至れてないから、どう言っていいのかわからないな』

　文山さんは生真面目な面持ちで思案している。

『正直、遥かそれ以前の段階なんだ。ずっと人を遠ざけて、信用できないままでいたから』

　彼のその言葉は重い。

　私の人生なんて比ではないくらい、文山さんの人生には酷いことがあり、苦労があって今日に至るのだ。妹のことばかり考えていればよかった私とは違う。きっと彼の人生はこれからなのだ。

『今はただ、信じられる人をたくさん増やしていけたらと思ってる。まだ俺を必要としてくれて、気に掛けてくれる人たちを大切にして生きていきたい。なんだかリハビリみたいだけど』

「私はいいと思う、そういう生き方」

　彼がこの八年間に失ったものを取り戻すための時間だ。きっと意味のあることだろう。

　本来なら文山さんはもっとたくさんの人に好かれ、愛され、大切にされるべき人だった。襲ってきた苦難に対して彼はあまりにも不器用だったけど、それでも折れずに今日までやってきたのだ。いつかまたその歩みが認められて、もっと輝く舞台でライトを浴びてもらえたらと思う。

「私、文山さんに報われて欲しい。もっと幸せになって欲しい」

そう告げたら、画面の中で文山さんがまごつくように目を泳がせた。

『それを言うなら、浅生さんだって。もうやるべきことはないって思うのは早いだろ』

「だったら私もリハビリしようかな。文山さんみたいに」

この燃え尽きてしまった空っぽの気持ちを、放っておかないでどうにかしようか。時間を掛けて何か埋められるものを見つけてもいいし、見つからなかったらそれはそれで、仕事に生きればいいんだし。私は三十五だし文山さんは三十七——来月には三十八歳だけど、とにかくまだ焦るような年齢でもないだろう。

『心強いな。リハビリ仲間ができた』

呟くように言った後、文山さんは深く息をつく。

『ただ最近は、悠長《ゆうちょう》にやっってていいのかなって気持ちもなくはないんだ』

「リハビリは時間が掛かるものって言うよ。のんびり行きましょう」

私の呼びかけに、文山さんはなぜか悩ましげだった。

『そうだけど正直、焦る気持ちもある。ぼんやりしてたら駄目じゃないかって』

「ぼんやりするのもいいと思うけど」

『俺だけならな。でも今、俺にはライバルがいるような気がする』

文山さんのライバルと言われても、とっさに思い浮かばない。芸能界は群雄割拠の世界だから競争だって厳しいだろう。文山さんくらい料理ができるタレントもいなくはないのだろうけど、でも。

「前にも言ったけど、『マヨナカキッチン』は文山さんあってこその番組だから。ライバルなんていないはずないし、私たちはみんな文山さんが必要なんだから」

彼が言った『信じられる人』の中に、私とチルエイトのみんなが含まれていたらいいと思う。私たちが信じ、必要としているのと同じくらい、文山さんも私たちのことを必要だと思ってくれたら。そうしたら私たちは文山さんのリハビリの一助にだってなれるだろう。

驚いたような顔の後、文山さんは微かに笑った。

『ありがとう、浅生さん。訂正しようか迷うけど、やめておくよ』

「訂正？　何を？」

『些細《ささい》なこと。今の言葉、嬉しかった』

切れ長の真剣な目がモニター越しに私を見つめる。

瞬きもせずにしばらくの間、まるで言葉を探すように黙った後で、静かに瞼を伏せた。

『焦っても仕方ないけど、後悔だけはしたくないな……』

祈るようにも聞こえたその言葉に、私はどう声を掛けたらいいのかわからない。文山さんの言う通り、悔やむことがない未来がこの先にあればいいと思う。彼が幸せになってくれたらいいとも思う。だけど『私が幸せにします』という言葉は未だ口にできそうになく、何も言えないまま残りのスープを啜る。

真夜中のポテトミルクスープは、ほんのり甘い味がした。

# 第四話

## 打ち上げはクレープパーティー

六月中旬、『マヨナカキッチン』第二クール全十二回の収録が撮了となった。

「撮影、お疲れ様でした！」

古峰ちゃんから花束を渡され、コックコート姿の郡野さんが照れたように笑う。

「ありがとうございます。連続二クールでもこういうのあるんですね」

「やろうかどうか迷ったんですが、長丁場なので和んでいただこうかと」

千賀さんの言うように、普段なら連続二クールの半ばでの花束贈呈は見送る場合もあった。そもそも厳密には撮了でもなく、来週からは第三クールの収録が始まる。間を空けずに行われる七月の放送に向けて、スケジュールは既に満杯だった。

「それに、来月には夏祭りの公開収録もありますから。一旦ここでねぎらいの気持ちをお伝えしたくて」

私が語を継ぐと、同じく花束を受け取った文山さんが口元をほころばせる。

「嬉しいです。できたら打ち上げでもやりたいですね」

文山さんからそんな言葉が出てきたのは意外だった。驚く私をよそに、千賀さんは真剣に考え込んでいる。

「やってもいいんですが、三クール目の終わりにはしっかりやる予定ですからね。あとはスケジュールが合えば……」

「ルカが忙しいから、ちょっと難しいか」

文山さんに水を向けられ、郡野さんは悔しそうに唸った。

「残念です……！　打ち上げしたかったですよ！」

相変わらず仕事が絶えない郡野さんは、明日も朝からドラマの撮影に向かうそうだ。今日はなるべく収録時間を長引かせないよう向井さんから頼まれていて、どうにかその要望に添うこともできた。

スタジオには収録で作ったクレープの、甘いバニラの残り香が漂っている。第十二回のメニューは『二人でクレープパーティー』で、文山さんと郡野さんが焼いたクレープにいろんな具材を包む様子と、二人で仲良く食べる様子を撮影済みだ。お二人にとっても楽しい収録だったのか、花束贈呈後もスタジオに残って話し込む姿があった。

「今日のクレープ、美味しかったですね。正直もっと食べたかったです」

「そういえば、ルカは昔クレープが好きだったな」

「覚えててくれたんですか！　遼生さんにごちそうになって以来大好物ですよ」

「あったあった。あの時は映画で共演したんだったよな」

思い出話に花を咲かせる郡野さんと文山さんを、私は少し離れたところからぼんやり眺める。話が弾んでいる二人は収録中によく見る姿だったし、同時になぜか新鮮でもあった。

「そうだ、浅生」

そんな私に、千賀さんが思い出したように声を掛けてくる。

「公開収録と言えば、大事なものを一つ忘れてたな」

「大事なもの？　ええと……なんでしょうか」

心当たりがありすぎてとっさに浮かんでこなかった。素直に聞き返すと、千賀さんは力一杯答える。

「スタッフTだ！」

その声があまりにも元気よかったのと、予想していなかった答えだったのとで、私は噴き出さないようにするのに必死だった。

「あっ、そ、そうですね。どんなのにします？」

大きな収録イベントに際しては、チルエイトでもスタッフTシャツを作るのが通例だ。大抵は番組名、もしくは社名入りのデザインにするし、カラーもテーマに沿ったものにする。ただ細かい点は発注者の裁量に任されるので、希望があれば聞いておきたい。

「やっぱり老若男女が着られるデザインがいいな。僕や来島はもう『老』だからなあ」

千賀さんが何気なく言った言葉に、スタジオ奥で土師さんとモニターチェックをしていた来島さんが食いつく勢いで顔を上げる。

「やだよ俺、まだ『若』がいい！」

「何言ってんだお前、いくつだと思ってんだよ！」

「千賀さんだけ『老』になっとけばいいだろ！　俺はまだ若くいたい！」

仲がいいという点では千賀さんと来島さんも、文山さんたちに決して負けてない。そして口論の内容を聞くに二人ともハートは大分若いと思う。

「浅生、俺たちは『若』でもいいよな」

社長たちの喧嘩を眺める土師さんの確認に、私は全力で頷いた。

「いいよね。三十代が『老』を名乗るのはおこがましいよ」

来島さんが抗っているうちは私も謙虚であろうと思う。

一方、文句なしに『若』サイドの古峰ちゃんは余裕の表情だ。スタジオの掃除を始めながら、なんでもない口調で言った。

「スタッフT、どんなデザインにするんですか？　私としては透けなくて、汗かいても目立たないカラーリングだったら嬉しいです」

そうなると黒地かネイビー、黄色もいいかもしれない。納得する私に対し、こちらもまだ二十代の恵阪くんが意見を述べる。

「俺、着たいデザインがあるんですよ。この間見つけたんですけど——」

彼がスマホ画面に表示させたのは、赤い生地に黒いタイダイ染めの目を引くTシャツだった。肩のところに使い道が浮かばないジッパーが、胸元には黒いハーネスがついていて、古峰ちゃんが眉を顰める。

「惠阪さん、これ、千賀さんも着るんですか？」

「そりゃそうだろ。意外と似合うと思うよ」

「意外って言っちゃってるじゃないですか！　いや無理でしょこれは」

私もちょっとイメージできないな、と思っていたら、いつの間にかこちらに歩み寄ってきた郡野さんが一緒に覗き込んできた。

「それがチルエイトさんのスタッフTですか？　素敵なデザインですね！」

「え⁉　郡野さんはこれ、アリなんですか？」

「いいと思いますよ。俺も着てみたいです」

透明感のある王子様然とした郡野さんがこのTシャツを着る姿は、千賀さんと同じくらい想像がつかない。

「ほらあ！　郡野さんも一票くれましたよ！」

惠阪くんが勢いづいたので、私は大慌てで助けを求めた。

「文山さんはどう思われます？」

呼ばれて近づいてきた文山さんが、Tシャツ画像を見た途端に困った顔をした。

「老若男女が着られるデザインかと言われると、難しいですね」

「遼生さんなら難なく着こなせますよ、絶対！」

「俺もまだ三十代だから『若』の方だと思ってるけど、どうかな……」

文山さんが着ているところもイメージできないので、やっぱり無難が一番と私の中で結論がついた。早いところ発注して、もう決めちゃったと言い張ることにしよう。


収録後、私は郡野さんと文山さんの帰宅のためにタクシーを二台手配した。

私が配車の連絡をしようと控室へ向かうと、ちょうど向井さんがスマホを耳に当てながら出てきたところだ。

「はい、向井です」

慌ただしげにしながら、それでも私に会釈をくれた向井さんとすれ違いながら控室に入る。郡野さんはもう着替えを済ませ、私服姿でソファーに座っていた。

「浅生さん、お疲れ様です」

「お疲れ様です。向井さん、お忙しそうですね」

「事務所への連絡を忘れていたんだそうです」

そう答えて、郡野さんは少しだけ笑う。

今日の郡野さんはロイヤルブルーの襟付きシャツに白い細身のパンツというきれいめの服装だった。いつもは何気なく見ている私服だけど、今はおやっと思う。さっき恵阪くんの選んだTシャツを誉めていたから、てっきり服の趣味が似ているのかとばかり——仕事場に来るのに選ぶようなデザインではないから、当然と言えば当然か。

「タクシー、お呼びしましたよ。あと十五分ほどで着くそうです」

「ありがとうございます」

私の言葉に、郡野さんが小さなお辞儀をした。それからちらりと私の背後にある、廊下へ通じるドアを見やる。今は薄く開いていて、微かに向井さんの話し声が聞こえていた。

「では、失礼します」

同じ内容を文山さんにも伝えに行こうと、私も頭を下げかける。

そこへ、

「あの、浅生さん」

郡野さんが、張り詰めた声で呼び止めてきた。

視線を戻せば、彼は瞬きを繰り返しながら口を開く。

「ちょっと、いいですか？　折り入って頼みがあるのですが」

そう言いながらも彼の目は控室のドアを窺っていた。向井さんを気にしているようだとわかる。彼女が通話を終えて戻ってくる気配はまだない。

「なんでしょうか？」

私が聞き返すと、緊張もあらわに郡野さんは言った。

「実は俺――遼生さんと、仲良くなりたいんです」

どんなことかと思えば、私はまず困惑した。

「え……っと、どうして、私に？」

文山さんと個人的に連絡を取っていることは、誰にも秘密にしているはずだ。私だって絢さんにも、華絵にすら言っていない。文山さんが郡野さんに話すとも思えなかった。

郡野さんはきまり悪そうに目を逸らす。

「他社の方にお願いするのは変ですよね、でも事務所の人間には頼みづらくて。チルエイトの皆さんに力を貸してもらえたらと思いまして……」

今度は安堵の気持ちが湧いた。郡野さんは私だから頼んだ、というわけではないようだ。もっとも彼の言う通り、他社の人間に頼むような話でもないだろう。郡野さんと文山さんは同じ事務所に所属している。そして向井さんという共通のマネージャーが傍にいた。なぜ私やチルエイトのみんなに、という疑問は残る。

いや、それ以前に、

「お言葉ですが、郡野さんと文山さんは仲がいいと思っていました」

二人の仲が、他人の取り持ちを期待するほどよくないようには見えない。『マヨナカキッチン』の収録中は息の合ったコンビぶりを発揮していたし、今日のように収録の前後に会話を交わすこともあった。そういう時は郡野さんも文山さんも笑顔で、とても楽しげだった。

一方で、二人が隣り合った控室を使っているにもかかわらず、行き来する様子は今までない。控室でくらい一人でくつろぎたいものなのかもしれないけど、言われてみればスタジオやロケ現場を離れた二人が親しげにする様子はあまり記憶になかった。

私の言葉に、郡野さんは睫毛を伏せる。

「そうでもないんです……いえ、遼生さんはいつでも優しくよき先輩ですが、昔ほどではなくて。俺が子役時代に一番よくしてくださった方なので、あの頃みたいになれたらって思うんです」

郡野さんの子役時代というと、文山さんが例の一件で干される前のことだろう。

あの頃と同じようにいることは不可能だ。それは郡野さんもわかっていて、だからこそ自分以外の誰かに頼もうとしているのかもしれない。

「お願いします、浅生さん。皆さんだけが頼りなんです」

懇願する郡野さんの瞳は、さざ波が立つ水面のように潤んでいる。

彼の目は色素が薄く、照明の加減か時々緑がかって見えた。透き通るような肌の白さとも相まって、いつまでも美しい少年のような印象がある。私からすれば妹よりもずっと年下の、子供のような相手だけど、その目に見つめられると情けなくもどぎまぎしてしまう。

「か、構いませんけど、具体的に何をすれば……」

気圧されるように答えれば、郡野さんは安堵の笑みを零す。

「一案なんですが、打ち上げをしませんか？　みんなで遼生さんを囲んで、第二クール撮了のお祝いに。お酒が入ったら俺も遼生さんと気負いなく話せます」

まるで事前に考えていたみたいにすらすらと提案された。

私が答えを考えていると、背後で向井さんが通話を終える様子が聞き取れた。郡野さんにもそれがわかったのか、焦り気味に念を押してくる。

「ではよろしくお願いしますね、浅生さん」

「え、ええ……」

釈然としないまま応じた私は、戻ってきた向井さんと入れ違いに控室を出る。向井さんは私を怪訝そうに見たけど、こちらとしては会釈を返すしかなかった。


私は郡野さんからの提案をみんなのところへ持ち帰った。

出演者が帰った後のスタジオには、まだバニラの香りが残っている。そこで軽いミーティングを始めようとしていたスタッフたちに事の経緯を伝えると、真っ先に千賀さんが怪訝そうにした。

「打ち上げはしたいって話はしてたからね。悪くはないけど……仲良くなりたいって、なんでうちに頼むんだろうな」

私もすっきりしない気分だ。もちろん『マヨナカキッチン』は郡野さんと文山さんが唯一共演する番組であり、共通の仕事という縁も確かにある。ただ縁というならそもそも二人は同じ事務所なのだから、わざわざ他社を挟まなくても仲良くなる機会は作れそうだ。

「芸能事務所って飲み会、社員旅行とかないの？」

来島さんがそう口にした途端、古峰ちゃんが顔を顰める。

「そういう会社のイベントで仲良くって発想、前時代的だと思います」

「えっ、これってもしかしておじさんの考え方？」

来島さんはいくらかショックを受けたようだ。

私も芸能事務所の内情までは明るくないものの、所属タレントが一般的な従業員とは違うことくらいはわかっている。福利厚生の扱いも会社勤めとは違うだろうし、飲み会や社員旅行などにタレントさんは呼ばれないのかもしれない。

呼ばれたとして、あの文山さんが嬉々として参加するとも思えないし。

「郡野さんはなんで浅生に頼んだんだ？　向井さんじゃなくて」

土師さんの疑問はもっともだ。そして私も、その答えを知らなかった。

「わからない。けど、向井さんには聞かれたくないそぶりだったたな」

「聞かれたら反対されると思ったんですかかね」

惠阪くんも不思議そうにしている。

「共演者同士で仲良くするのに反対するとか、あるかな」

　そう応じつつ、私は前に見た郡野さんの事務所のプロフィールページを思い出した。

『尊敬する人』の欄に記されていた文山さんの名前は、消されて以来ずっとそのままだ。

「そもそもあの二人、別に仲が悪いわけじゃないんだろう？」

　千賀さんの問いに、場に居合わせた全員が頷いた。

「むしろ今でも十分仲いいですよ」

「収録でもいつも息ぴったりですよね」

「さっきも楽しくお話ししてましたし、仲介なんていてるかなってくらいです」

　私の目にも郡野さんは文山さんを慕い、懐いているように見える。文山さんも郡野さんを可愛がっているようだ。付き合いの長さゆえ、思い出を大切にしている様子も端々から窺えた。

　昔はもっと親しかった、ということなのだろうか。郡野さんが子役だった頃、文山さんがまだたくさんのものを失う前は。

「なら、単に打ち上げがしたかったのかもな。うちも郡野さんに頼まれちゃ断れないしな」

　千賀さんはこの依頼を引き受けると決めたようだ。すぐに私に指示を寄越す。

「浅生、向井さんと日程詰めておいて。あくまでもうちから提案した打ち上げって体でね」

「はい」

二人を打ち上げに招くなら必ず向井さんを挟まなければならない。その際は千賀さんの指示通り、郡野さんからの発案だったという事実は伏せておくのがいいだろう。

その後、千賀さんがスタジオを出ていくと、土師さんが大きく溜息をついた。

「だけど文山さんはすごいよな。自分の冠番組を後輩に奪われかけたっていうのに、その後輩といがみ合わずにやっていけてるんだから」

文山さんの立場になって考えれば、郡野さんの存在は可愛いだけではないのかもしれない。今でこそ『ルカと遼生のマヨナカキッチン』というタイトルではあるうちの番組は、一時期『郡野流伽のマヨナカキッチン』になりかけたこともあったのだ。文山さん自身、かつてはそのことに不服を唱えてもいた。

「今やうちの番組は郡野さんで保ってますもんね。そりゃ文山さん時代も尻上がりではありましたけど、あのままやってても連続二クールなんて枠貰えてませんよ」

実感を込めた惠阪くんの言葉は事実でもあった。『マヨナカキッチン』第二クールの平均視聴率は深夜帯にもかかわらず五パーセントを切ったことがない好調ぶりだ。番組内容の評価もいいようで、最近では雑誌やネットニュースでも好意的に取り上げられることが多くなってきた。もちろんそういう時でさえ記事のほとんどは郡野さんへの言及で占められている。

「でも『マヨナカキッチン』は料理番組としても評判いいよ。二クールめってことでスタッフの連携も取れてきたし、視聴率の好調さには番組自体の練度、安定感も関連してると思うな」

　私はみんなを鼓舞《こぶ》するつもりで異を唱える。番組に送られてくる視聴者の声の中には、料理番組としての需要を感じさせる人のものも少ないながら存在していた。郡野さんだけではなく、文山さんも、私たちスタッフも、誰一人として欠けては作れないものだ。

　すると恵阪くんは嬉しそうにしながらも、こう言った。

「俺の体感だと視聴率二パーくらいは郡野さんパワーですね」

　二パーか。結構多いな。

「もしかして、郡野さんもそのこと気にされてるんですかね」

　古峰ちゃんは気まずそうに胸に手を当てている。

「文山さんの番組取っちゃった気持ちがあるから『仲良くしたい』って思うのかもなって。表面上は仲良さそうでも、罪悪感は残ってて、それで気になってうちにお願いしてきたんでしょうか？」

　全員が考え込むように黙った。そうかもしれないと思う一方、すんなり納得できない。と、その沈黙を打ち破るように来島さんが声を張った。

「おいおいお前たち、打ち上げを楽しみにしろよ！　そんな訳わからんことで頭使ってどうする、久々の飲み会だぞ！」

「私、チルエイトのみんなで飲むの初めてですよ」

古峰ちゃんが入社した頃には、もうチルエイトには飲み会という文化がなくなっていた。社長の千賀さんが体調を崩し、アルコールを一切断っていたからだ。つまり今回の打ち上げは、みんなでお酒を飲む久し振りの機会になる。

「見てろよ古峰さん、あの澄ました顔の先輩方がべろべろに酔っ払って愚にもつかない話で大盛り上がりするから。前時代的な飲み会ってのも楽しみだろ？」

来島さんがにやりとする。

私は別にそこまでべろべろになったりしないし、そもそも素面だろうと酔っていようと野球の話ばかりの来島さんに言われたくはない。でも古峰ちゃんの期待を高めるには十分だったようで、彼女はうきうきと声を上げた。

「すっごく楽しみです！　浅生さんとはお酒ご一緒したことありますけど、土師さん恵阪さんとは初めてなんで。どんな姿が見られるんですかね？」

名指しされた二人は憂鬱そうに顔を見合わせる。

「俺、失言したくないから酒の量控えるわ」

「あんなこと言われて酔っ払えないっすよね。当日は烏龍茶で行きましょう」

その誓いは守られるかどうか。私も控えめにしておくつもりだ、文山さんも来るのだから。

文山さんといえば、

「もし打ち上げが七月ならケーキも用意したいな。文山さんが七月生まれなんだよね」

ふと思いついて提案したら、土師さんがちらっと私を見た。

「さすが、詳しいな」

「プロフィールに書いてあるからね。七月十七日」

何か言いたげな視線をかわして言い添えると、古峰ちゃんはいよいよ楽しみになってきたようだ。

「いいですね！　郡野さんもきっと一緒にお祝いしたいって仰いますよ！」

それなら彼の目的もいい感じで叶うかもしれない。計画がまとまってきたからか、私も打ち上げの日が来るのが楽しみになってきた。


千賀さんに言われた通り、私は郡野さんの頼みであることを伏せて向井さんに打診した。

「第二クールの撮了の打ち上げと、公開収録に向けての士気を高めるためのキックオフミーティングを兼ねたものです。是非スケジュールの都合をつけていただいて、郡野さんと文山さん、それに向井さんにも参加していただけたらと……」

するると向井さんはその日のうちに郡野さん、文山さんの意向を確認してくれた。折り返しの連絡では少しだけ柔らかい声で話す。

『二人とも是非参加したい、とても楽しみだと申しております。つきましてはスケジュールをご調整いただけると幸いです』

そうなると気掛かりなのは多忙である郡野さんのスケジュールだ。夏ドラマの収録は海辺のシーンを撮るために、放送が始まってからも納品日ぎりぎりまで行われるとのことだった。更には写真集の刊行イベントも控えているそうで、つまり七月中もタイトな調整を迫られるだろう。

協議の結果、打ち上げは七月半ばの土曜日と決まった。その日の郡野さんは夕方までテレビ局での収録があるものの、夜は予定がぽっかり空いているそうなので済み次第駆けつけてくれる予定だ。

無事に日取りが決まったので、私は早いうちに飲み会の会場を押さえた。向井さんはそれぞれ郡野さん、文山さんの好きな店のジャンルなども教えてくれたので、それに合わせて店を決める。今回選んだのは新宿駅から徒歩三分のところにある和風創作料理のお店で、チルエイトから飲み会がなくなった後も、食事会を行う場として何度か利用させてもらったところだ。ここは料理は多種多様で美味しいし、お酒以外のドリンクも豊富に揃っている。そして完全個室で、二十人まで収容できる大型個室も完備されているのがお誂《あつら》え向きだ。いつぞやのロケのようにファンの皆様に知られ、当日に駆けつけられては困るので、そこはひっそりやらせてもらうことにする。

文山さんのバースデーケーキの予約も済ませ、打ち上げの準備は整った。

そのタイミングで文山さんから、『少しお話がしたい』と連絡が来た。

仕事を離れて文山さんと話をするのは、華絵の結婚式の日以来だ。

どういうわけか今回もウェブ会議サービスでのやり取りとなった。顔を見て話したいのかもしれないけど、電話でもなければ会って話すわけでもないところに文山さんとの不思議な距離感が感じられる。かくいう私も前回の反省からリングライトを購入し、準備は万端だった。

時刻は午後十時、前回よりはやや早い時間だ。じっとりと空気が湿った夏の夜、エアコンが稼働している自室にはうっすらバニラの香りが漂っている。夜食として、物撮りも兼ねて、今夜はクレープを作っていた。

「あのクレープ作ってみたんですよ。一人なので、パーティーではないですけど」

私がパソコンの画面越しにお皿を傾けてみせると、文山さんは感心したように微笑む。

『美味しそうに焼けてる。浅生さんはいつもこの時間に晩ご飯？』

「いえ、たまにです。今日はお昼が遅かったので……」

『そうなんだ。俺は水だけだけど、パーティーなら付き合うよ』

文山さんが今夜もミネラルウォーターのボトルを掲げた。前回と同じグリーンのファブリックソファーに座る彼は、今日はベージュのシャツを着ている。丁寧に捲られた袖からは筋肉質な腕とそこにくっきり浮かぶ血管が見え、私は目のやり場に困った。

「すみません。じゃあ食べながらお付き合いしますね」

頭を下げると、文山さんは物問いたげな苦笑を浮かべた。

『浅生さん、今夜は敬語なんだな』

「あ、なんていうか、仕事の話になるかと思って……」

『半分くらいはそうかもしれないけど、寂しいな』

拗《す》ねたような言い方をされると心苦しい。ただ私としても、文山さんはやはりタレントさん、演者さんだ。千賀さんの教え通り、タメ口を利くのはあまりにも畏《おそ》れ多かった。その考え方は私の十四年の業界歴にしっかり刻み込まれていて、そうたやすくは消えてくれそうにない。

『まあ、追々でもいいけど』

不服そうに言った文山さんが、その後で本題を切り出す。

『向井から聞いたよ。打ち上げをやることになったんだって？』

「そうなんです。急なお話にもかかわらずご協力いただいて、向井さんには本当に感謝しております」

『郡野のスケジュールも合わせたなんてすごいな。前にそちらのプロデューサーと話した時はやらないって話だったけど、急にやることになったのは公開収録に備えてなのかな』

当然ながら、文山さんも降って湧いた打ち上げの話には戸惑っているようだ。

呈された疑問に対し、私は少しだけ迷う。でもこうして文山さんと連絡を取り合い、本音で語り合ったりする間柄になった以上、経緯を隠しておくのは不誠実だろう。

郡野さんには心の中で一度謝っておく。

「文山さん、これからするお話はオフレコでお願いします」

『もちろん、約束するよ』

「実はこの打ち上げの話は、郡野さんから持ちかけられたものなんです」

『……郡野が？』

文山さんは私が想像した以上に驚いてみせた。

『意外だな。あいつはそういうの、あまり好きじゃないんだと思ってた。昔から人見知りなところがあって、他の現場ではいつも早く帰りたがっているって聞いていたし』

それから少し、おかしそうに笑った。

『もしかしたら郡野もチルエイトの皆さんのことを気に入ったのかな。この現場だけは居心地がいいと思っているのかもしれない』

　そうだとすればこの上なく光栄な話だけど、どうもそうではないようだ。私は更に真実を打ち明ける。

「郡野さんが仰るには、もっと文山さんと仲良くなりたい、とのことでした」

『え⁉』

「『遼生さんと仲良くなりたいので打ち上げを企画してください』と頼まれまして」

　おおよそ言われた通りのことを告げると、文山さんの顔がみるみる複雑そうに歪んだ。指の長い手で額を押さえ、唸るような声を立てている。

『へえ……郡野が……』

　私の知る限り、文山さんは俳優としての演技力にも定評があった。その文山さんがオフレコの場とはいえ、ひとかけらも嬉しそうなそぶりをしないあたり、郡野さんがそう言い出した心境もわかるような気がしてくる。

　思えば文山さんは、郡野さん本人の前では『ルカ』と呼ぶけど、不在の場ではいつも『郡野』と呼んでいた。私はそれを、身内を呼ぶ際のマナーなのだろうと勝手に思っていた。でも違ったのかもしれない。

「そういうわけで、打ち上げの席ではお二人に親睦を図っていただきたく……」

『参ったな。今だって十分仲良くしてるつもりだったよ』

　文山さんは全く取り繕わずに困ってみせた。

『そりゃ昔のように付き合ってるわけじゃない。正直、妬《ねた》ましいって気持ちだってある。可愛がっていた子役が最高のビジュアルで芸能界に戻ってきて、今では俺なんかより売れてる。俺がたった一つだけ持っている仕事も郡野がいなければ成り立たない。そんな相手を、昔みたいに可愛いなんて思うのは……』

率直に語る気持ちは、もちろんわかる。

だけど同時に、私には郡野さんの気持ちもわかってしまう。昔から慕い尊敬していた相手に内心疎《うと》まれていたら辛いだろうし、少しでも距離を縮めたいと考えるのも無理もない話だ。そのためにらしくもなく第三者を巻き込んだ郡野さんに、私は同情の念を抱く。

とはいえ土師さんが言っていたように、文山さんの努力だって無視はできない。複雑な胸中は押し隠して郡野さんと表向きは仲睦まじく共演している彼に、これ以上を求めるのも酷だろう。

つまり私たちスタッフは、まんまと板挟みに陥ってしまったわけだ。

『でも郡野が望んでるのは、まさしく昔みたいに、ってことなんだろうな』

呟く文山さんに、私はなんと言っていいのかわからない。手持ち無沙汰をごまかすようにクレープをかじった。

クレープは材料も少ないし手軽に作れるのがいい反面、時短には向かないメニューだった。どうしても生地を焼く工程は一枚ずつでなければいけないからだ。電子レンジで作ることもできなくはないものの、庫内の大きさを考えればやはりいっぺんにたくさんは作れない。そこで私は時間を掛けて、ようやく二枚焼いたところで終わりにしてしまった。

二枚のクレープの中身はレタスを敷いて角切りのアボカドやトマトを散らしたコブサラダ風と、スモークサーモンとクリームチーズ、それにキュウリを巻いた生春巻き風だ。時間を置いて柔らかくなった生地にしゃきしゃき食感の瑞々しい野菜がよく合い、美味しかった。写真もまあまあよく撮れたし、明日にでも番組ホームページを更新しなくては。

クレープを食べる私を見て、文山さんがふと懐かしそうな顔をした。

『昔、郡野にクレープをごちそうしたことがあったんだ』

この間の収録でも、そういえばそんな話をしていた覚えがある。

「文山さんの手料理ですか？」

『いや、店売りの。映画のロケで原宿行った時、ちょっと撮影が長引いて郡野もくたびれていたんだ。少し辛そうな顔をしていたから、撮影が終わったら甘いものでも食べようかって声を掛けたら喜んで頷いてくれて……それでぱっと買ってきて、ロケバスの中で二人で食べた』

記憶が蘇ってきたのだろうか、文山さんの顔には面映ゆそうな笑みが浮かんだ。

『まだ郡野が小学生だった頃の話だよ。素直でいい子だったな、ちょっと大人の顔色を窺うところはあったけど。クレープがよほど美味しかったみたいで、その後しばらくは顔を合わせる度にお礼を言われた。大人になったらもう一度、俺と一緒にお芝居をやりたいとも言ってくれたけど、それは叶えられてない』

温かい思い出を淡々と語った後で、長い溜息が続く。

『いや、マヨナカキッチンだって芝居みたいなものか。ある意味、半分は叶ってるのかもな』

その言葉には迂闊《うかつ》に口を挟めないような重みがあった。

文山さんと郡野さんの関係は、ただ同じ事務所の先輩後輩というだけでも、一番組の共演者だけでもない、もっと長く深いものだ。継続的にではないにせよ育まれてきた歴史は聖域でもあり、私たちがおいそれと介入していい事柄ではないのかもしれない。

私たちにできることは、二人がただ肩を並べ、一緒にいる場を提供することだけだろう。それはいつもの番組作りと何も変わらない。

「我々も精一杯盛り上げますので、文山さんには打ち上げを楽しんでいただけたらと思います」

今伝えられる言葉はそのくらいだ。気持ちを込めて告げると、文山さんはモニターの中で頷いた。

『すごく楽しみだよ。郡野とお酒を飲むのは初めてなんだ。案外、アルコールでも入れば腹を割って話せるかもな』

それから興味深げに私を見る。

『あと、浅生さんとも。お酒は強い方?』

「そうでもないんです。なのであまり飲まないようにしようと思っています」

先日の結婚式は緊張のせいで効かなかっただけで、本来の私はそこまでお酒に強くもないし、翌日に引きずる方でもあった。来島さんの予言通りになるのも癪だし、べろべろになどなるものか。

「文山さんはお酒、どうですか?」

『どうかな……普段から飲む方ではないからな。すぐ酔っ払うかもしれない』

それはちょっと、見てみたいかも。


七月に入ると、日中の気温がぐっと上がった。日が傾きかけても涼しくなることはなく、むしろ鋭い西日の照り返しで蒸し暑さが一層増したようだ。夏らしい時季に飲む冷たいお酒は、きっとさぞかし美味しいだろう。

新宿駅から徒歩三分、チルエイトの入っているビルからもそう遠くない和風創作料理のお店に、私たちは総勢十二人で足を運んだ。打ち上げの開始予定時刻は午後六時で、文山さんは間に合うようにお店まで来てくれた。

「本日はお招きいただきありがとうございます」

そう言って深々と頭を下げる文山さんに、慌てて千賀さんが手を振る。

「いえいえそんな、来ていただきたかったのは我々の方ですから。思えば文山さんとはお茶会こそしてましたが、飲み会というのは初めてでしたね」

「はい。なので今日はとても楽しみでした」

文山さんがとびきりの笑顔を見せた。あと数日で三十八歳になる彼のため、既にケーキもお店の冷凍庫の中でスタンバイしている。宴もたけなわのタイミングで贈ればきっと喜んでもらえるはずだ。

できれば郡野さんとも一緒にお祝いをしたい――けど、完全個室の宴会場に郡野さんと向井さんの姿はまだない。先程連絡があり、『撮影が長引いているのでちょっと遅れます』とのことだった。遅くとも七時にはテレビ局を出たいと言っていたので、こちらはこちらで先に始めておくと言ってある。

番組の打ち上げということでチーフプロデューサーの民谷さんにも一応声を掛けた。『行けたら顔くらい出したいけど無理かなあ』との予想通りの回答を貰っている。

「では皆さん、二クール目もお疲れ様でした。かんぱーい！」

千賀さんの音頭でめいめいが飲み物の入ったグラスを掲げた。当然ながら千賀さんが飲むのは烏龍茶で、それを見た文山さんが何気なく尋ねる。

「千賀さんはお酒は飲まれないんですか？」

「ああ、ちょっと胃を壊したことがありまして。妻にも厳しく言われているのでお酒は控えてるんですよ」

絢さんは今日の飲み会に同席していないけど、ここへ来る前に千賀さんに言い聞かせているのは見かけていた。お酒は飲まないこと、薬はちゃんと飲むこと、野菜もしっかり食べることなどを約束させられていて、夫婦愛の素晴らしさをまざまざと見せつけられたものだ。

「奥様に愛されてますからね、千賀さん」

「本当、いつまでも仲いいっすよね。羨ましいですよ！」

土師さんと恵阪くんが揃ってからかう。二人ともまず烏龍茶なのは、先日の宣言通り失言を警戒してのことだろう。

「まあ、仲はいいけどね。彼女がいない飲み会でも僕の行動が筒抜けなのは不思議だなと思ってるんだよ」

首を傾げる千賀さんが、不意に私の方を見る。

「ね、浅生。どうしてだろうね」

「不思議ですよねえ。愛のテレパシーなのかも？」

答える私の手元で私用のスマホがメッセージを受信していた。相手はもちろん絢さんで、『信吾さんにお野菜食べるよう言っておいて！』と表示されている。

「とりあえず野菜は食べた方がいいですよ。その方が絢さんも喜びます」

私は言葉巧みに千賀さんの注文を誘導し、ひとまず絢さんからのミッションをコンプリートした。社長夫妻の円満に貢献できて光栄だ。

「文山さんはお好きな食べ物とかあるんですか？」

来島さんがビール片手に尋ねる。乾杯からまだ数分なのに既にグラスが空になりそうだ。

「好き嫌いはないんです。なんでも美味しくいただきます」

「それはよかった！　この店はどの料理も美味しいですからね、是非堪能していただいて！」

お酒に強い来島さんはまだ酔っ払っていないはずだけど、既に声のボリュームがすごい。郡野さん不在の間を率先して繋ごうとしているのかもしれない。

「そうですよね。せっかくの飲み会、いっぱい食べたり飲んだりしないともったいないですよ！」

古峰ちゃんは一杯目からモスコミュールという強気の作戦だ。彼女もお酒は弱くなかったはずだけど、初めての職場の飲み会ということではしゃいでいるように見えた。

「文山さんも遠慮なく飲んでください。文山さんが飲むとみんなもつられて飲み出して、面白いことになると思うんで！」

「面白いことってなんです……？」

怪訝そうな文山さんを横目で見つつ、私もビールを傾ける。個々の思惑を乗せつつ、チルエイトにおける久し振りの飲み会が幕を開けたようだ。

ただ私は酔うわけにもいかなかった。郡野さんが到着するまでは向井さんがこまめに連絡をくれるだろうし、酔いのせいでそれを見落とすなんてことは絶対にできない。なので二人が来るまではセーブして、料理をメインに楽しむことにする。

午後七時を過ぎたところで、向井さんから連絡があった。

中座して電話に出ると、途端に申し訳なさそうな声が聞こえてくる。

『収録が長引いておりまして、出るのが八時過ぎになりそうなのですが……』

「全然大丈夫ですよ。さっき始まったばかりですからゆっくりお越しください」

もともと郡野さんが遅れてくる可能性は想定済みだった。多忙な彼の仕事が押してうちの収録に遅れてきたことも何度かあったし、その度に私たちは適切なフォローができていたと思う。今日は仕事でもないのだし、遅れてきても盛り上がってもらえればそれでいい。

何より、今日の打ち上げは郡野さんがいないと始まらないのだから。

「何時になっても、来ていただけるだけで十分です」

私がそう伝えると、向井さんもわずかにほっとしたようだ。声でわかった。

『ありがとうございます。郡野も大変楽しみにしているようなので、どうにか切り上げて伺います』

通話を終えて宴席へ戻ると、みんながそわそわした顔で出迎えてくれる。やはり郡野さんの到着がいつになるか気になるようだ。

「八時は確実に過ぎるとのことです。収録が長引いているそうで」

私の言葉に千賀さんが、やむを得ないという顔で頷く。

「そうなるかもしれないとは思ってたよ。時間ならたっぷりあるし、いくらでも待とう」

店は午後十時まで営業しているそうで、今日は時間いっぱいまでのプランにしてあった。もちろん郡野さんの遅刻を想定してのことだ。だから私たちの気持ちにも余裕がある。

「あの現場、結構大変みたいなんです。脚本の遅れが出ていて全スケジュールが押しているとかで、この間はロケ先に着いてからバラシが決まったって郡野が零していました」

文山さんが明かした臨場感溢れる現場秘話に、私たちは揃って震え上がった。この七月からスタートしているドラマだという点がまた恐怖を煽《あお》る。

「帰りのロケバス内の空気、冷え込んだでしょうね……」

「想像するだけで胃に穴が開きそうだ」

「現場の空気も絶対淀みますよ。郡野さん、大変ですね」

真夏の怪談で背筋がひんやりしたところで、ひとまず追加のオーダーをすることにした。みんなのグラスも空になってきたようだし、あと一時間は郡野さんを待っている必要がある。

「仕方ない、手持ち無沙汰だしビールでも飲むか」

「そうっすね、ご飯だけじゃ間が持ちませんし」

土師さんと恵阪くんは早速ビールにスイッチするようだ。

逆に私は二杯目をソフトドリンクに切り替える。

「浅生さん、あれ、どうします?」

古峰ちゃんがこっそり囁《ささや》いてきた『あれ』とは、文山さんのバースデーケーキのことだ。お店の冷凍庫にしまわせてもらっているケーキは、本来なら食事が一段落する今頃に提供されるはずだった。

「郡野さんがいらしてからにしよう。お腹いっぱいにならないように気をつけて」

私が囁き返すと、彼女は神妙な面持ちで頷く。

一応サプライズなので、文山さんにそれを伝えられないのがもどかしい。もっとも文山さんはあまりお腹いっぱい食べない人のようで、サラダやお刺身などでお酒を飲んでいた。ケーキの入るスペースが残ってくれたらと祈っておく。

再び向井さんから連絡があったのは午後八時を回った辺りだった。私が電話を手に離席するのを、みんなが不安げに見送ってくる。もちろん私も、あまりいい予感はしていなかった。

『すみません、まだ掛かります……』

電話越しに聞く向井さんの声はぐったりしており、状況を突っ込んで聞ける雰囲気ではない。

「こちらのことはお気になさらず、来られるタイミングでいらしてください」

『ご迷惑をお掛けします。九時までにはなんとか間に合いたいです！』

切れた通話の後で、私は郡野さんのことを考えた。こんなに遅い時間まで、来たかったはずの打ち上げに思いを馳せながら、どんな気分で仕事をしているのだろう。どうにか、一時間だけでも参加できるといいんだけど。

そして私が席に戻れば、大体察した顔のみんなが待っている。

「九時までには間に合いたい、とのことです」

そう伝えると、さすがに場の空気が凍った。誰もが押し黙った後、責任感からか千賀さんが口を開く。

「間に合う？　その感じで」

「ちょっと、私にもなんとも……」

だからといってこの打ち上げのリスケは難しい。ただでさえ忙しい郡野さんの仕事の合間に入れてもらった予定だし、二週間後には夏祭りの公開収録もある。やるとすればそれこそ三クール目が終わった頃になるだろう。

「このお店のラストオーダーは何時なんですか？」

文山さんも心配そうにしている。

「二十一時半です」

「それは……なかなか厳しいですね」

最悪、あのケーキだけでも一緒に囲めたらいいのかもしれない。慌ただしいお祝いになるだろうけど、郡野さんも文山さんを祝うことができる。でも今の調子だと、それすら叶わない可能性も考えておかなくてはいけないだろう。

「なんか、前にもこんなことありましたよね」

古峰ちゃんは多分、冗談っぽく笑い飛ばそうとしたようだ。だけどあいにく、その言葉は彼女が思うほど軽くは響かなかった。

みんなも覚えていたのだろう。かつて収録でも郡野さんが大幅に遅れてきたこと、あの日の忙しない収録の一部始終を。同じことが起きると、私ももっと真剣に考えておくべきだったかもしれない。レストランではなく、遅くまでやっているお店で予約を取るなどして――駄目だ、考えるほど気持ちが暗くなる。

顔を上げると、文山さんが心配そうにこちらを見ていた。ゲストに気を遣わせるのはもっと駄目だ。何か盛り上げるようなことを言わなくては。

「――ゲームでもしましょうか！」

焦る私の目の前で、惠阪くんが声を上げた。

すぐさま土師さんが同意する。

「いいな。何する？」

「王様ゲームとかどうですか？」

「そういうのは文山さんの前では控えよう。品がない」

慌てた千賀さんが釘を刺すと、今度は来島さんがすっくと立ち上がった。

「だったら、球種当てゲームをしよう！」

「きゅ……九州？」

「球種当てだ！　今から俺が投球フォームを見せるから、みんなは何の球種で投げたかを当ててくれ。はっきり言って難しいぞ！」

恐らく、来島さん以外のみんなが初めて聞くゲームだったようだ。途端に場は紛糾《ふんきゅう》した。

「えっ、シャドーピッチングで球種を当てるんですか？」

「難しくないですか？　指先だけで見分けるようなものですよね？」

「っていうか私、野球本当にわかんないんですけど……」

「大丈夫か来島、それ盛り上がる？」

みんなは半笑いだったけど、私は内心感動していた。郡野さんの窮地《きゅうち》に際し、みんなが一致団結してこの場を乗り切ろうとしている。沈みがちな空気を盛り上げようと知恵を絞り機転を利かせる様子は、まさにあの時と同じだ。

「いいですね、来島さん！　やりましょう！」

みんなが訝しそうに私を見る中、私は文山さんに呼びかける。

「文山さんは野球お詳しいんですもんね。ばんばん当ててくださいね！」

明らかな無茶振りに文山さんは一瞬戸惑った顔になったけど、きっと覚悟を決めたのだろう。胸を張って答えてくれた。

「いいでしょう。当ててみせます」

そして来島さんは大張り切りで構える。

「ようし、プレイボール！」

草野球歴二十年超という来島さんの投球フォームはプロ野球選手並みにきれいだった。鍛え上げた腕が繰り出すエア投球は空を切る音が聞こえるほどで、球があればどれほどのスピードが出たのか測ってみたかった。ただクイズとしては非常に難解で、そもそも球種を打者に気づかせないようにするのが投球フォームだから、一瞬の指の動きを仮に捉えたとしても全く見分けがつかない。

「えっ、ちょっとわからないな。カーブ？」

「スライダーじゃないですか？　ちょっと手首捻り気味でしたし」

「二人とも残念！　スローカーブでした！」

途中から真面目に解いているのは千賀さんと文山さんだけになり、残りの面々はガヤに徹するしかなかった。

「こんな個人の裁量でどうにでもなるゲームってあります？」

「絶対後から答え変えてるだろ」

「来島さんだけ楽しいやつじゃないですかこれ」

「地上波で流したらＢＰＯの勧告が来そう」

ゲームの出来はともかく、ある意味では大盛り上がりだ。

そうこうしているうちに時刻は午後九時を回り、私は古峰ちゃんと相談した上でバースデーケーキを出すことにする。

「文山さん、お誕生日おめでとうございます！」

運ばれてきたケーキを見て文山さんは戸惑ったようだ。目を見開いたままテーブルに置かれたケーキの前で固まっている。お酒の後にはぴったりのシャーベットケーキは、冷凍庫から出されたばかりでうっすらと冷気をまとっていた。カラフルなフルーツソルベの表面は溶け始めた氷の粒で、まるで宝石みたいに光っている。

「こんな……いいんですか？　お祝いしてもらって……」

ぎこちない笑みを貼りつけたままケーキを凝視している文山さんに、千賀さんが笑顔で応じた。

「文山さんにはいつも美味しい料理でうちの番組を盛り上げていただいてます。こうしてお祝いができて光栄です」

「いえ、こちらこそです」

文山さんが首を横に振る。噛み締めているような顔で静かに微笑んだ。

「嬉しいです。去年はこうして誰かに祝ってもらうことがなかったので、特に胸に来ました。ありがとうございます」

伏し目がちに胸に手を当てる仕草が、私の目にも強く焼きつく。お祝いができてよかった。本当によかった。

「じゃあ、溶ける前にいただきましょうか?」

「その前に記念写真だ。さ、みんなで文山さんを囲んで!」

三脚持参の来島さんはてきぱきと指示を出し、みんなを文山さんの周りに並ばせる。ご自慢の一眼レフはレンズの大きさが赤ちゃんの顔くらいはあり、バースデーケーキもみんなの笑顔も素晴らしい高画素で撮ってくれた。

あとはここに郡野さんと向井さんがいてくれたら、もっとよかったんだけど。

結局、お開きになるまでに郡野さんたちが姿を見せることはなかった。

『すみません、ようやく出られます』

向井さんが連絡をくれたのは、もうお会計も済ませてレストランを後にしたタイミングだ。時刻は午後十時少し前、新宿駅近くの路上で電話が鳴って、よれよれの声が私に告げる。

『さすがにもう終わってしまいましたよね……？』

「そう、ですね。まだ解散はしてないってところですけど……」

まだ全員帰っておらず、私から見える範囲にいた。もっともいい感じにお酒が回っている人もいるし、それでなくても四時間の長丁場の後だ。さすがにぼちぼち帰ろうという空気でもある。

文山さんが電話の相手を察してか、案じるようにこちらを見ていた。

『あの、図々しいことは承知の上なのですが、もう少しお時間貰えませんか？』

必死さが滲む口調で向井さんが訴えてくる。

『少しだけでいいんです。郡野は今日を本当に楽しみにしていて……』

「お応えしたいのはやまやまなんですが、もう店を出ておりまして――」

困った。私だって向井さんの頼みを聞き入れたいし、このために仕事をこなしてきた郡野さんにせめて少しでも喜んでもらいたい。

だけどもう店は出てしまったし、週末の新宿でこれから個室のある店を探すのはさすがに難しいだろう。かと言って文山さん、郡野さんを連れて他のお客さんもいる居酒屋などに入るのも危険だ。

どう答えていいのか迷っていると、千賀さんが私の傍まで寄ってくる。そして小声で指示を出した。

「向井さんに、二次会をやるからうちの会社に来てと伝えてくれ」

私は黙って千賀さんを見返す。もちろんそんな予定はなかったし、二次会の店もいつの間に確保したのだろう。

千賀さんが安心させるように頷いてきたので、疑問点はさておいて向井さんにその通り告げる。

「二次会を開くことに決まりました。まずは弊社にお越しいただけますか?」

直後、向井さんが息を呑むのが聞こえた。

『ありがとうございます！　すぐに郡野と伺います！』

喜びと安堵に満ち溢れた声を聞けたことは私も嬉しく思いつつ、電話を切ってすぐに千賀さんへ尋ねた。

「すごいですね千賀さん、いつの間にお店予約したんですか?」

「予約はしてないよ。うちで二次会しようって話だ」

「うち?　ってもしかして……」

千賀さんはさらりと答える。

「会社でやろう。時間は気にしなくていいし場所代も掛からない。まあ光熱費は掛かるけど、今からお店を押さえるよりはいいだろ？」

　そしてみんなに向かって声を掛けた。

「これから会社戻って二次会をします。参加する人は先に会社行って電気、エアコン点ける組とコンビニ寄って買い出しする組に分かれて行動しよう。酔っ払いすぎている人は無理に参加しなくていいからね」

　この行動力、そして発想の柔軟さ、さすがは我が社の社長だ。

「二次会、お邪魔します。郡野の顔を見ずに帰ったら、あとで向井に叱られそうですから」

　文山さんも残ってくれるようでほっとする。あまりお酒を飲まなかった私が買い出しに行くことを告げると、少しだけ残念そうに声を掛けられた。

「俺もお供したいんですが、一緒にいるところを誰かに見られたらまずいですよね。皆さんと先にチルエイトへ戻ります」

　いつ、どんな時に撮られるかわからないのが芸能人であり、そして撮られたものを事実通りに報じてもらえるとは限らない。文山さんの自衛する気持ちもわかるなと思いつつ、大変だなとも思ってしまう。

「何か、ついでに買ってきて欲しいものってあります？　飲みたいものでも」

私が尋ねると、文山さんは少し考えてからひらめいたように表情を明るくした。

「是非、お願いしたいものがあります。休憩室のキッチンもお借りできますか?」

「もちろんいいですよ。何か作られるんですか?」

「はい、郡野が食べたがりそうなものを」


チルエイトの休憩室には二次会の準備が着々と整いつつあった。

飲み物はビールにチューハイにハイボールの缶、それにペットボトルのお茶各種を買ってきてある。さすがにこの時間のコンビニは棚も空きがちで、おつまみはお菓子や乾きものがほとんどだ。文山さんのリクエストでサラダやアイスクリームも購入して、今は冷蔵庫にしまわれている。

そして他にも、文山さんに是非買ってきて欲しいと頼まれた品があった。

「郡野のために、クレープを焼こうと思うんです」

ホットケーキミックスと卵、それに牛乳を手渡すと、文山さんは微笑む。

「思い出の一品ですもんね」

納得しつつ、気になったので一応聞いておいた。

「小麦粉じゃなくてよかったんですか? ホットケーキミックスで」

前にパンケーキを作った時は小麦粉からだったし、先日収録したクレープもそうだったはずだ。なんとなくそういう手軽なものを文山さんが使うイメージはなかった。

「いいんですよ、時短です」

　文山さんは特に気にした風もなく答える。

「それに、少し甘めの方があの時の味に合ってるんです」

　休憩室の奥にあるキッチンに立った文山さんを、私はお手伝いという名目で隣から眺めることにした。文山さんの料理する姿をこんなに近くで見られることは、収録中だってなかなかない。

　背後ではみんなが二次会のためにテーブルを拭いたり、椅子を並べ直したりと慌ただしい。どういう経緯があったかはわからないけど、会議室に置いてある大型モニターを土師さんと来島さんが運び込んでいる。何か上映会でもやるつもりなんだろうか。

「来島さん、呼吸合わせてもらえます？　急に持ち上げると危ないんで」

「いや、俺一人でも持ち上げられるかなって気がしてな！」

「酔ってます？　これ高いんだから勘弁してくださいよ！」

　二人の後ろから古峰ちゃんが、手際よくワイヤーを捌きながらついていく。遠目にもはらはらしているらしい顔が見えた。

　モニターの無事を祈りつつ視線を戻せば、文山さんがボウルにホットケーキミックスを空けているところだった。真っ白い粉は開けた瞬間から既にバニラの香りをふわりと漂わせている。

「わ、いい匂いっすね。何作るんですか？」

つられたように惠阪くんが寄ってきて、後ろから覗き込んできた。ちょうど私と文山さんの間に割って入る位置に立ち、卵を割る文山さんの手元を眺めている。

「クレープですよ。さっと焼くのにちょうどいいかと思って」

「美味しそう！　俺の分もありますか？」

「作れるだけ作るつもりなので、全員に行き渡るはずです」

「やった。ありがとうございます！」

上機嫌な声の惠阪くんが、ふと私の方を向いた。一次会ではそこまで飲んでいなかったはずだけど、心なしか目がとろんとしている。お酒はあまり強くないのだろうか。

「そういえば、前に浅生さんの家でごちそうになったピザも美味しかったです」

おまけに、そんなことを言い出した。

その一件について、惠阪くんがこれまでに公の場で口にしたことはない。私にとっても、マッチングアプリで後輩と会うというまあまあの黒歴史が絡んでいるので、誰かに打ち明ける気は一切なかった。だからチルエイト内でもそのことを知っている人は私たち以外にいないはずだ。

暗黙の了解だった秘密をぽろっと零したのも、酔っているからに違いない。

「惠阪くん、大丈夫？　結構飲んだ？」

確かめるつもりで尋ねたら、彼はとろける笑顔のままで全く違うことを答える。

「また浅生さんの家に遊びに行っていいですか？」

その瞬間、文山さんがこちらを見た。惠阪くんとほぼ同じくらいの身長だからか、わざわざ首を傾げるようにして私に何か聞きたそうな視線を送ってくる。

惠阪くんは華絵と同い年なので、私にとっては弟みたいなものだ。よって家に招いたからといって誤解はされたくなく、文山さんの前でもあるしはっきり言っておくことにする。

「もう駄目です」

「えっ、なんでですか？　彼氏ができたとかっすか？」

更に突っ込んで尋ねてくる惠阪くんと、黙ってこちらを見ている文山さんに、私はなぜか追い詰められた気分になった。

なぜ文山さんがいる時に突っ込んだことを聞くのか。答えにくいにも程がある。

「できてないけど——できる、かもしれないから駄目」

苦し紛れに捻り出した返事に対し、惠阪くんはみるみる眉尻を下げた。

「え、マジっすか。そっかあ……」

しかし次の瞬間には朗らかに笑ってみせる。

「じゃあ、もしできなかったら呼んでください！」

その言葉だけはやけにしゃきっと口にした後、彼は踵を返してキッチンスペースを離れていった。みんなのところへ戻っていく足取りは、思ったよりしっかりしている。

彼を見送った私に、今度は文山さんが尋ねてきた。

「彼氏ができそうなんですか？」

ちらりとその顔を見上げれば、切羽詰まった面持ちがそこにある。落ち着きなく目を泳がせた文山さんに、私はたどたどしく答えた。

「できるかもしれない、です。可能性はゼロではない的な」

「ゼロではないんですか」

「なんていうか、車の運転と一緒です。かもしれないです、あくまで！」

まさか本人を前にして『あなたとお付き合いするかもしれないので』なんて言えるはずがない。そもそも未だに確信もないのだし――キッチンにはたちまち変な沈黙が落ち、卵を片手で握った文山さんがそれを調理台に打つと、ぐしゃりと音を立てて卵は潰れた。

「あっ、しまった」

とっさにボウルの上まで移動させたお蔭で中身は零れず収まったものの、文山さんのきれいな手は卵液で汚れてしまう。慌ててタオルを差し出すと、頭を下げて受け取りながら彼は言った。

「すみません、ちょっと動揺して……」

「め、珍しいNGテイクですね」

本番ではまず見たことがないミスに、私の口からもそんな気の利かないコメントが飛び出す。もっとマシなことを言えばいいのに、何一つ浮かんでこないのは酔いのせいだろうか。まだビールを一杯しか飲んでいないはずなんだけど。

その後、ぎこちない空気を保ったままクレープを焼き始めた。収録時と同じように文山さんはフライパンに生地を行き渡らせる手つきも、菜箸で生地を返す手際のよさも完璧だ。あっという間に一枚焼き上げて、私はそれを皿に取る。

いい匂いがするクレープ生地は、焼きたてのうちはぱりっとしている。縁の薄くなった辺りはカリカリに焼き上がっていて、このまま食べても美味しい。でもラップを掛けておけば水蒸気でしっとり柔らかくなり、より具材も包みやすくなる。

「私もクレープを作ってみましたけど、焼く工程だけは時短できないですよね」

黙っていても気まずいままなので、ようやく私はそう切り出す。

「そうですね。どうしても一枚ずつ焼かないといけませんから」

文山さんも言葉を待っていたみたいに、少しだけ笑った。

「実は、そう言うだろうと思ってました。番組用にレシピを書いている時も考えてたんです。浅生さんならキッチンバサミで切るのかなとか、俺には想像もつかない時短をするんだろうな、とか。でもクレープだけは焼く工程があるから、きっと『時短できないですよね』って言うだろうなって」

彼が浮かべたはにかみ笑いは、まるで美味しいものを食べた時みたいに穏やかで、幸せそうだ。

私は再び何も言えなくなる。本当にビール一杯で酔っ払ったのかもしれない、頬が火照《ほて》って熱かった。


休憩室に二次会の準備がすっかり整った頃、ようやく郡野さんと向井さんが到着した。

「すみません！　遅くなって本当に申し訳ないです！」

拍手で迎えられた郡野さんは声を張って詫び、その隣で向井さんも全方向にぺこぺこと頭を下げる。

「お仕事であれば仕方ないですよ。来ていただけただけでも十分です」

千賀さんがフォローするように告げた後、文山さんが語を継いだ。

「疲れただろ？　皆さんがいろいろ用意してくださったし、俺もクレープを焼いたからよかったら——」

「クレープ⁉　いただきます！」

食い気味に反応した郡野さんの顔から一瞬にして疲れの色が抜け落ちる。そしてカメラの前でも見せないとびきりの笑みを零した。

「仕事頑張ってよかった！　もう本当、今日は大変だったんですから。脚本届いたの午後イチで、まずそこから読み合わせだったんですよ」

郡野さんからは更なる真夏の怪談話が聞けそうな気配だ。ジャンルは違えど、どこの現場にも大変な日があり、みんなそれをギリギリで乗り越えているんだなあとしみじみしてしまう。

休憩室には椅子もソファーもたくさんあって、郡野さんはテーブル前に置かれた座り心地のいいクッションチェアを選んだ。そのテーブルに文山さんがクレープの皿を運んでくると、子供みたいに目をきらきらさせて思わず立ち上がる。

「美味しそう！　遼生さんは食べないんですか？」

「俺はもうたくさん食べたよ。打ち上げではバースデーケーキもいただいたんだ」

「えっ、そうなんですか⁉」

それで文山さんは、来島さんが撮った打ち上げの記念写真を郡野さんに見せた。郡野さんはそれをしばらくじっと眺めてから、心底から悔しそうな声を上げる。

「交ざりたかった……！　俺だって遼生さんの三十八歳お祝いしたかったです！」

二人の楽しそうな会話を離れたところで見守る向井さんが、そっと私に告げた。

「本当にありがとうございます。二次会、本来は予定になかったんですよね？　なのにこうして用意していただいて……」

「社長の発案なんです。私たちとしても郡野さんにも喜んでいただきたかったですし、お越しいただけてよかったです」

そもそもこの打ち上げは郡野さんの希望で催されたものだ。やはり彼が来てくれなくては意味がないし、遅くなった分を取り戻せるくらい楽しんでもらいたい。

「郡野は今日を、とても楽しみにしていたんです。スケジュール帳に書き留めて、自分のミスで収録が長引かないよう体調を整えて。結局、間に合いはしませんでしたけど……」

向井さんは心底安堵した様子だった。彼女にとっても今日は大変な一日だったようだけど、疲れた顔をようやく和ませる。

「私もここに連れてこられて、肩の荷が下りた気分です」

そんなことを言われると私はいても立ってもいられず、急いで向井さんに椅子を運んだ。

「向井さんも休んでください。お飲み物持ってきますから！」

「一応まだ勤務中なので、お酒以外でお願いします」

そう言った向井さんに冷たい紅茶を勧めると、彼女は美味しそうに飲み始めた。文山さんが作ったクレープも、アイスクリームとドライフルーツを包んで食べている。

「美味しい。文山の作ったもの、初めて食べました」

「えっ、そうなんですか？」

意外な告白を驚く私に、向井さんはさも当然という顔で応じた。

「知らなかったんですよ。今まではその腕も知らずに売り込んでたんです」

「じゃあ、これからは向井さんお墨つきになるんですね」

「胸を張ってアピールしていきます」

頷いた向井さんの視線の先にいるのはもちろん文山さんと郡野さんだ。立ったままクレープを頬張り、缶チューハイを飲む郡野さんを、文山さんが見守っている。

「ルカ、行儀が悪いぞ。ちゃんと座ってから食べないと」

「だってお腹が空きすぎてて……とっても美味しいです！」

「いいから座って。みっともないところをお見せしないように」

郡野さんは文山さんに注意されるのさえ嬉しそうだ。

思わずくすっとした私に、向井さんも微かに笑んでみせる。

「よかった、二人とも楽しめてそうで」

「本当ですね。文山さんも郡野さんもいい表情です」

「普段はお互い遠慮があるなと思うこともあって……杞憂なんでしょうけど」

どうやら向井さんの目にはそういうふうに映るようだ。二人を一番近くで見ている人の言葉に、私は何も言えなくなる。

こちらの沈黙を察してか、向井さんは仕切り直すように息をついた。

「この業界って難しいですから。年功序列じゃなくて人気や実力で差がつくから、人間関係もややこしくなりがちで。その人気だって、ちょっとしたことであっさり消えたりしますしね。こんな訳わからない世界でよく頑張れてるなと思います、文山も郡野も」

そこまで言った後、慌てて口元に手を添えてみせる。

「今のは業界批判ではないです。聞かなかったことにしてください」

もちろん私は頷いた。

「オフレコですね。ゆっくり休んでください、向井さん」

お疲れの向井さんを一人にしてあげようと傍を離れる。彼女も黙ってクレープを食べながら、やはり文山さんと郡野さんを見守っていた。

二人は相変わらずじゃれ合っている。クッションチェアに並んで座りながら、一緒にお酒を飲んでいるようだ。

「またいつか、原宿にクレープを食べに行きたいですね」

「俺と一緒に歩いたら、お前まで週刊誌に撮られるぞ」

「気にしませんよ。事務所の先輩後輩が仲良くって問題あります？」

「どういう撮られ方をするかわからないからな。やめた方がいい」

文山さんに断られ、郡野さんは残念そうに肩を落としている。それでもすぐに気を取り直し、クレープを食べつつ言い返した。

「『いつか』ですよ、今日明日じゃなくて。それなら可能性ありますよね？」

その問いかけに、文山さんは答えなかった。ただ無言で郡野さんを見つめる間、ほんのわずかにだけ頷いたようにも見えた。

乾杯で始まった一次会とは違い、二次会の幕開けはぬるっとしていた。気がつけばみんなお酒を飲みだしていたし、各々が好きな席で歓談に興じている。私もハイボール缶とクレープを早めに確保し、まずは渇いた喉を潤した。

千賀さんは運ばれてきたモニターで何か観ようと提案している。

「ここだとBGMもないしちょっと物寂しいだろ。何か流そうと思うんだけど、希望ある人いる？」

それでめいめいが意見を出し合う中、文山さんが挙手をして言った。

「以前、浅生さんがディレクターとして担当した番組があると伺いました。なんでも恵阪さんはその番組を観て、このお仕事を志したとか」

危うく、ハイボールで噎《む》せそうになる。

「ああ、そうなんですよ。よくご存じですね」

にっこりする千賀さんが説明を続けた。

「『ぷらぷらプロミネンス』といいまして、今となっては大人気芸人であるプロミネンスさんが出演する街ブラ番組だったんですが、弊社には映像が残ってますよ。ご覧になります？」

「ええ、是非」

「ちょ、ちょっと待ってもらっていいですか！」

慌てて私も手を挙げると、千賀さんはきょとんとする。

「どうした浅生、そんなにうろたえて」

「もう十年近く前の番組ですよ。お目に掛けるには古すぎかなって……」

「そんなことないよ。まったり観られるいい番組じゃないか」

いつもなら千賀さんにそんな褒め言葉を貰えたら飛び跳ねるところだ。しかし自分の大昔の仕事を晒《さら》されるのは恥ずかしい。

「それに、文山さんも是非観たいと言ってくださってる」

「はい。お願いします」

文山さんが頷くと、隣で郡野さんも興味ありげな顔をする。

「浅生さんってディレクターされてたこともあるんですね。俺も観てみたいです」

私は観念するしかなかった。千賀さんが慣れた手つきでデータを再生するのを居た堪れない気持ちで眺めていると、土師さんに肩を叩かれる。

「そんな顔するなよ。俺も何回か観たけど、着眼点がユニークで面白かったって」

「他人事だと思って……土師さんのデビュー作も晒されたらいいのに」

「俺のデビュー作はチルエイトじゃないからな」

そういえばそうだった。だからこんな余裕の励ましができるのか。むかつく。

「大丈夫ですよ浅生さん！　あれ本当に面白いですから。きっと文山さんたちも大笑いしてくれますって！」

惠阪くんも明るく言ってくれたけど、元はと言えば彼の発言が全ての始まりだったような気がしなくもない。この先惠阪くんがディレクターデビューする日が来たら仕返しをしてやろうと決めた。

画面が明るく点り、耳馴染みのあるBGMと共にアバンタイトルの掛け合いが流れ出す。プロミネンスの二人がロケの見どころを紹介する軽妙なやり取りは、私も編集段階で何度も観た。今は観る勇気もなく、私はハイボール缶とクレープを手にこそこそと離れ、モニターから遠いソファー席に座る。

ハイボールとクレープの相性は意外にも抜群だった。甘く焼いた生地にコンビニで買ったレーズンバターを包むと、ウイスキーに合う芳醇で薫り高いおつまみになる。文山さんの焼いたクレープは焼きムラもなく、しっとりと美味しかった。

「わあ、プロミネンスのお二人若いですね！」

「十年前だからな。まだ賞レース獲ってブレイクする前だ」

古峰ちゃんが歓声を上げ、来島さんも懐かしそうに唸った。

一緒に仕事をしていた頃のプロミネンスは、いわゆる地下芸人として劇場を活動拠点にしていた。お笑い好きのテレビ局プロデューサーの斡旋《あっせん》でキャスティングが決まり、新米ディレクターと地下芸人という実験的な組み合わせで始まった番組収録は、プロミネンスの二人の人柄とサービス精神で撮れ高がよかった。街ブラでも息の合った掛け合いを披露してくれて面白い番組になった。

「これ、撮影しているのも浅生さんなんですか？」

「そうです。寄りの構図になるとローアングルになるからわかりやすいですよね」

「お蔭でめちゃくちゃスタイルよく撮れてるんですよね、プロミネンス」

文山さんの疑問に、土師さんと恵阪くんが答えている。

ローアングルになりがちなのはプロミネンスと比べて私の背が低かったからだ。十キロ近いＥＮＧカメラを担いでの収録は大変だったし、カメラを持ったままよろけたり収録中にバッテリーが切れたり、会社に戻ってチェックしたらブレまくりの映像もあったりと、およそ新人がやるであろうミスは一通り網羅していた。

そういう歴史が今の私を作っていると言えばそうなんだろうけど、十年が経とうとしていても直視はできない。

一本目のハイボールを空にして、二本目のプルトップを開けた時だ。私が座るソファーの向かい側に、誰かが静かに腰を下ろした。

「一人で飲んでて寂しくないかい？」

千賀さんだった。麦茶のペットボトルを手に、私を見て控えめに笑う。

私は慌てて姿勢を正し、飲み終えた缶や空のお皿をテーブルの脇にどけた。

「千賀さんこそ、こっち来ていいんですか？　みんなと一緒に観てなくて」

上映会は未だに続いていて、みんながわいわいはしゃぐ声も聞こえる。私の問いに、千賀さんは一瞬間を置いてから声を落とした。

「僕も年だな。ちょっとだけ疲れちゃってね」

そう言って、唇の前で指を立てる。

しかしそれを聞いて黙っていられる私でもない。気がつけばもうすぐ夜十一時過ぎ、ずいぶん遅い時間になってしまった。絢さんだってそろそろ気を揉み始めた頃だろう。

「大丈夫ですか？　後のことは私たちがやりますから――」

「さすがに帰るわけにはいかないよ。大丈夫、少し休めば元気になる」

それから、不安を吹き飛ばすように肩を竦めてみせた。

「素面だからかな。みんなお酒のお蔭か元気いっぱいで、ついていくのも大変だよ」

「確かにはしゃいでますよね」

チルエイトのみんなは久し振りの飲み会が楽しいのだろうし、文山さんや郡野さんは打ち上げを堪能しているのかもしれない。

「しかしプロミネンスはすごいな、今じゃテレビで見かけない日はないくらいだ」

千賀さんが私の肩越しにモニターを見やる。

私は振り向く気も起こらなかったけど、その言葉には頷いた。

「きっと私のことも覚えていらっしゃらないでしょうね」

「案外と覚えてくださってるものだよ。会うことがあれば聞いてみるといい」

「さすがに抵抗が……ご挨拶はするつもりですけど」

テレビ局などですれ違ったら挨拶はするだろう。でもあの二人が覚えていてくれることは期待してはいけないと思う。数えきれないほどたくさんの仕事をして、その何倍ものスタッフと出会っていれば、大昔に何度か収録を共にしただけの新米ディレクターなんて忘れていても当然だ。

「僕もこの業界は長いけど、誰が売れて何が当たるのかなんて見通せない世界だ」

千賀さんは独り言のようなトーンで言った。

「君の作ったあの番組がそうだったように、いつか『マヨナカキッチン』も、あの人が深夜番組に出ていたなんて、と言われるようになるかもしれないな」

返答に詰まる。

どちらのことを指しているのか、なんて聞くまでもないかもしれない。だけど先の未来なんて見通せないのがこの世界だ。文山さんが、郡野さんが、数年後にはどうなっているかなんて誰にもわかりはしない。

　モニターが目に入らないように後ろを見た。郡野さんはクレープを頬張りながらも文山さんに話しかけていて、文山さんはそれを笑顔で聞いているようだ。すぐ横では向井さんが舟を漕いでいるのも見えた。今はまだすぐ傍にある、和やかなひと時だ。

　ふと気の早い切なさが胸を過ぎり、私はハイボールを啜る。

「浅生さん、浅生さん！」

　元気のいい声が飛んできたかと思うと、私の右隣に古峰ちゃんが座った。真っ赤になった顔で柔らかく笑う。

「浅生さんの番組観ましたよ！　とっても面白かったです、バラエティーって最高ですね！」

「う、うん……古峰ちゃん、酔ってる？」

　その顔を見たら、まず先に尋ねずにはいられなかった。頬はリンゴみたいに赤く色づき、目は少しまどろみかけているようだ。心なしか口調もふにゃふにゃしている。

「付き合うとしたら、やっぱりバラエティー番組に理解ある人がいいですよねえ」

　言いながら古峰ちゃんは、私の肩にしなだれかかってきた。その適度な重みとぽかぽかの体温に、昔の妹を思い出して不覚にもきゅんとする。

「古峰はもうおねむかなあ」

苦笑した千賀さんの視線がふと上がった。と同時に私の左隣に、土師さんが割り込むように座った。

「浅生、座りたいからもうちょい詰めて」

「いやここ二人掛けだよ。もう無理だから」

「何が？」

聞こえてないような振りで意地でも座ろうとするので、仕方なく少しだけスペースを譲る。触れている腕は古峰ちゃんと同じく、火照ったように熱い。

「土師さんも酔ってるでしょ」

「飲んだら酔うんだよ。当たり前だろ」

屁理屈みたいなことを言っては自分で笑っている。やけに楽しそうだ。

「あー！　みんなして固まっててずるい！　俺も交ぜてくださいよ！」

今度は惠阪くんが大声を上げながらすっ飛んできて、ぎゅうぎゅう詰めの私たちに本気で悔しそうにする。しかしさすがに四人は定員オーバーなので、千賀さんが自分の隣をぽんと叩いた。

「ほら、惠阪はこっち座りなさい。対岸から酔っ払いたちを眺めてやるんだ」

「本当ですよね！　いい大人が飲みすぎなんですよ、全く」

珍しくぷりぷりしている惠阪くんをよそに、古峰ちゃんは相変わらず頼りなげな口調で語る。

「この間会った都庁職員くんが、『マヨナカキッチンなんて観たことない』って言ったんですよ。もうその時点でナシじゃないですか」

「えっ、都庁職員って誰？」

千賀さんが怪訝な顔をした。多分、古峰ちゃんが合コンで会った人だと思います。

「都の職員なんだから関東ローカルの番組くらいは観といて欲しいですよね！」

千賀さんの問いには答えず、古峰ちゃんが唇を尖らせると、土師さんが大きく頷いた。

「全くだよな。地場産の食材も取り上げてるっていうのに」

「視聴率の推移は悪くないはずなんですけどね。知名度欲しいなあ」

恵阪くんも溜息をついている。みんな、酔っ払っても仕事の話をし始める。なんだかんだ好きなんだろう。

もちろん私だってこの仕事が好きだ。先のことはわからないけど、作り続けられる限りは『マヨナカキッチン』に関わっていきたい。いい番組にしたいと思う。

「知名度が欲しいんだったらさ――」

だからハイボールを呷ってから言った。

「いっそ、ギャラクシー賞を獲ろう！」

そんなに大きな声を出したつもりはない。にもかかわらず、その場がしんと静まり返る。

「……ええ？」

千賀さんが呆然とし、土師さんが心配そうに私を見た。

「ギャラクシー賞って、欲しいって言えば貰える賞じゃないからな？」

その通り、ギャラクシー賞とは放送業界において優秀な番組を顕彰する賞だ。選ばれるには質のよさはもちろん、他にはない実験的、野心的な番組であることも求められる。

「えっと、『ギャラクシー賞　歴代受賞作』……」

古峰ちゃんはスマホで検索を始めている。

過去にはローカル番組が受賞したこともあるし、もちろんバラエティー番組にもその門戸は開かれていた。ただしジャンルの垣根を越えてテレビ番組全体から選定されるので、ライバルは同じ年に放送された全ての番組だ。

「文脈的に『マヨナカキッチン』で獲るってことっすよね？　さすがに……」

恵阪くんまでもが懐疑的にしているので、私は更に主張した。

「違う、獲れるかどうかじゃないの。獲ろうって気持ちが大事なの！　難しいことなのは私だってわかるよ、でも『マヨナカキッチン』にはそれだけのポテンシャルがあるって信じる、そこから始めるんだよ！」

みんながぽかんとして私を見る中、背後で来島さんが手を叩いて笑う声がする。

「いいぞ浅生さん、その意気だ！」

千賀さんはもうちょっと穏やかに笑んだ後、こう言った。

「今のところ、浅生が一番酔っ払ってるね」

私は黙ったまま辺りを見回し、納得がいかない気分で尋ねてみる。

「私、酔ってる？」

その場にいた誰もが深く頷いた。


二次会もつつがなく終わり、ぼちぼちお開きの時刻だった。

「ほら向井、そろそろ帰るぞ！　起きるんだ！」

文山さんは焦った様子で向井さんを起こしに掛かっている。しかし幸せそうな寝顔の向井さんは、むにゃむにゃ言いながら微笑むばかりだ。

「向井さん、相当お疲れでしたもんね……」

惠阪くんの言う通り、寝入ってしまうのも仕方ない。過酷な収録現場を潜り抜けてきた後だ。

「すみません、浅生さん。もう遅いので郡野だけ先に帰してもらえませんか？」

困り果てた文山さんが私に告げる。

実際、郡野さんもお酒が入っているからか眠たそうにしていた。向井さんが起きない様子をソファーに座って眺める顔はぼんやりしている。

「そうですね。タクシー呼んできます」

私は言われた通りに車を手配した。幸い、十五分もあれば来てくれるとのことで、まずは郡野さんを連れてビル一階まで下りる。そして裏口からタクシーの到着を待った。

帰り支度を済ませた郡野さんは、ビル裏口のガラス戸の向こうをじっと眺めている。ひっきりなしに通る車のライトを所在なげに目で追いかけているようだ。本格的に眠いのかもしれない。

だから、彼が口を開いた時は驚いた。

「今日は、ありがとうございました」

二人きりの裏口は静かで、郡野さんの声ははっきりと響いた。私はすぐに笑って応じた。

「いえ、こちらこそ。お越しいただけて嬉しかったです」

「無理を言ってお願いしたのは俺ですから。感謝しています」

その言葉とは裏腹に、郡野さんの顔には笑みがない。それどころか物憂げにすら映る。

やはり、遅刻してきたことで物足りない結果に終わってしまったのだろうか。仕事とはいえ不本意に違いない。どう慰めていいのかわからないけど、何も言わないのはよくない。

「文山さんとは、いくらかお話しできましたか？」

私が尋ねると、郡野さんは一拍置いてから答える。

「ええ。本当言うともうちょっと仲良くなりたかったですけど。でも遼生さんのクレープが食べられたのでよしとします」

「それはよかったです」

「あと、遼生さんと皆さんも仲良くなれたみたいだったので」

不意を打つような言葉が続いて、私は機械的に聞き返した。

「文山さんと……えっと、私たちが？」

「遼生さんと仲良くなりたいのは本当です。でもそれだけじゃなくて、皆さんとも仲良くなりたかったんです。俺と、遼生さんと、『マヨナカキッチン』スタッフの方々とで」

郡野さんは淡々とした口調だった。感情を込めていないのか、単に眠くて話すのが億劫なのか、今の私には判別がつきがたい。

「足固めっていうんですかね。有り体な言い方をすると、みんなで絆を深めておきたかったんです」

演者さんから仲良くなりたいと言われたらスタッフ一同、それはもちろん大喜びだ。この後に大きなイベントを控えていることもあり、私は張り切って応じた。

「それでしたら、もう。私たちは文山さんとも郡野さんともご一緒できるのを嬉しく思っておりますし、お二人の仕事ぶりには信頼の一言です」

するると、郡野さんがこちらを見た。

ビルの冷たい照明を浴びた顔は血の気が引いたように真っ白だ。

「向井が、恐らく浅生さんと電話をしているのを聞いたんです」

「……え?」

「『青海苑緒』さんから番組にメールが届いたんですよね? 遼生さんを辞めさせるようにって」

冷水を浴びせかけられたような衝撃があった。

わずかに残っていた酔いがたちまち雲散し、私は言葉に詰まる。

「え……っと、それは——」

「遼生さんに秘密にしているのはわかります。でも俺にも黙っていたのは、それも信頼しているからですか?」

郡野さんの声には疑いようのない棘があった。

「ご気分を害したなら謝ります。ただ、私としては郡野さんにご心配を掛けるかと思い、向井さんとも相談のうえで黙っておくことにしたんです」

私が弁解すると、郡野さんは美しい顔を顰めた。

「青海苑緒。あの人のせいで、遼生さんは多くのものを失ったんです。俺にとっては憧れの、こうなりたいって思う尊敬できる先輩でした。優しくて、格好よくて、いろんなことを惜しまず教えてくれて——なのに、全部あの人のせいなんです」

声に次第に激しい怒りが滲んだ。

「大人になったらまた一緒に芝居をしようって言ってくれたのに、それも叶わなかった。あの頃はテレビを観るのも嫌でした。みんながこぞって遼生さんを叩いているのが許せなくて、腹が立ってたまらなかったんです。それでも時が経ち、遼生さんがまたテレビに出られるようになって、てっきり許されたんだと思ったのに……」

理不尽な目に遭わされた文山さんを、それでもまだ許さない人がいる。それは事実のようだった。

「もしまた遼生さんをテレビから追い出そうとする人がいたら、せめて受け皿になりたくて――『マヨナカキッチン』に受け皿になって欲しくて、それで打ち上げを提案したんです。あなたたちと仲良くなっておけば、そう簡単に遼生さんをクビにしたりはしないだろうって。もし謹慎なんてことになっても、今度は帰ってくる場所があるようにって」

郡野さんは悲壮な決意を語り、射貫くような目で私を見る。

「お願いですから、遼生さんを守ってください」

もちろん、私だってそうしたい。

だけど番組に関して言えば、それを決めるのは私じゃないし、チルエイトの他の誰かでもない。番組タイトル一つでもあれだけ紛糾したように、番組制作会社の権限なんて吹けば飛ぶような弱々しいものでしかなかった。

つまり私は、この場で郡野さんの望む答えを口にできない。

「もちろん、精一杯お守りします。幸い今は視聴率も好調で、番組自体も評判がいいので、そう簡単に降板なんてできないと思いますよ。テレビ局側も文山さんの必要性はちゃんと把握しているでしょうし、きっと――」

私の答えは、郡野さんを失望させたようだ。美しい顔を強張らせた彼が、次の瞬間吐き捨てるように言った。

「テレビの人たちってみんな、調子のいいことばかり言いますよね」

いっそ殴られた方がマシだった。

そのくらい、痛烈な一言だった。

「視聴率が好調だとか、制作は順調だとか、上層部の反応も悪くないとか――その場では調子いいこと言うくせに、ある日いきなりぶった切ったりするじゃないですか。浅生さんだってテレビの人だから、どこまで信じていいのか……」

そこまで言って、郡野さんは私がどれほどのショックを受けたかに気づいたようだ。急に息が詰まったように顔を背けた。

「いえ、すみません。言いすぎました」

謝られても、どう返していいのかわからない。

私は郡野さんと同じことを、民谷さんに対して思っていたのだ。チーフプロデューサーはいつも調子のいいことばかり言うなとか、期待させることを言っておいてなかったことにするんだからとか、あんまり鵜呑みにしちゃ駄目だとか——あの人がいなければ『マヨナカキッチン』はそもそも存在しない、それほどに力のある人だけど、同時にあの人の言うことをあまり信用してこなかった。

でも郡野さんから見れば、私も民谷さんも所詮は同じテレビの人だ。相手を傷つけたくない、あるいは気分を乗らせたいからとその場で調子のいいことを言い、期待させて、後から落胆させることも何度もあったのだろう。

重苦しい沈黙の中、ガラス戸の向こうで黒塗りの車が停まるのがわかった。タクシーが着いたようだ。

「ごめんなさい……」

郡野さんがもう一度詫びてきたので、私は首を横に振る。

「大丈夫です。郡野さんに信頼していただけるよう、今後も努力して参ります」

気持ちを懸命に奮い立たせて、どうにか言った。

「今月末の公開収録では、必ず最高のステージをご用意します。どうか、よろしくお願いします」

無言のまま郡野さんは会釈をしてタクシーに乗り込み、夜の新宿を走り去っていった。

私はチルエイトに戻る気力はまだなくて、その場に一人立ち尽くす。今更気づいた事実に打ちのめされていた。

文山さんのスキャンダルが報じられた時、彼が深く傷つき、苦しんだことは知っていた。

でもその陰でもう一人、傷ついていた人がいたことを、私はたった今思い知った。

# 第五話

## 真夏の冷製ビーフンカッペリーニ

三月に『マヨナカキッチン』第二クールの収録が始まった頃、私はネットで文山さんのファンを探していた。文山さんの励みになればと、番組宛てのメッセージなんかあればいいと思って。

スキャンダルが報じられて以降、文山さんのファンの皆さんはネットの奥深くに潜り込んでしまっていた。理不尽な報道に心を痛めた人も多かったようだし、少しでも擁護めいたことを言えば『信者は自浄作用がない』と叩かれる。オープンなネット上において、ファンの人たちの居場所はすっかり失われてしまったように見えた。

でも、本当はすぐ近くにいたのだ。

彼を愛するファンの一人は私たちのすぐ傍にいて、何があっても彼を信じ、応援し続けていたし、同時に彼を任せてもいい相手かと私たちスタッフのことを注意深く観察していた。

私たちは郡野さんの信頼に足る存在でいられただろうか。振り返ってみても、自分ではわからなかった。

週末にかけて悩みに悩んだ挙句、私は郡野さんの思いをみんなと共有することに決めた。

そうは言っても何もかも包み隠さず、というわけにはいかない。チルエイトにいるのは全員が『テレビの人』だから、言われた通りのことを伝えてしまったらみんなもショックだろうし、郡野さんにいい感情を持たない人も出てきてしまうかもしれない。だからあくまで大枠を——彼が青海さんの一件で傷つき、文山さんの降板を恐れているという点を打ち明けることにした。

文山さん本人には黙っていようと思っている。郡野さんがこれほどに深い傷を負っていることを知ればやはり辛いはずだ。もしかすれば近い将来知ってしまう事実かもしれないけど、第三者である私から伝えることではないだろう。

「郡野さんが、そんな心配を……」

大枠を伝えただけでも、千賀さんにとってはいささかショックな事実だったようだ。悲しげに肩を落としてしまったので私も心苦しい。

「急に打ち上げをしたいと言い出した件を、僕も不思議に思ってたんだよ。でも文山さんを思っての行動だったと聞けばわからなくもないな」

絆を深めておきたかった、と郡野さんは言った。

そうすることで、文山さんを守ってくれる人が増えることを期待していたのだろう。あの夜も、私にもっと必死な答えを求めていたはずだ。全てを懸けても守り抜いてみせます、くらいは言って欲しかったのかもしれない。

「郡野さんって、芸能活動を一時休止してましたよね」

はたと気づいたように恵阪くんが言う。

「進学のためだって話で、実際大学にも行かれてましたけど。もしかすると文山さんのことがあったから、なんですかね……」

文山さんがスキャンダルに遭い、仕事を干されていた期間と、郡野さんが芸能活動を休止していた時期はおおよそ重なっていた。憧れの人の不幸を目の当たりにし、郡野さんがどれほど苦しみ、思い悩んだかは想像に余る。あの頃は私だってテレビを観るのが嫌になるほどだった。

だけど郡野さんは芸能界へ戻ってきた。

間違いなく、文山さんがいたからだ。

「若い子がそうやって胸痛めてるの辛いなあ」

来島さんがしょぼくれると、古峰ちゃんも力なくぼやいた。

「文山さんはいつまでこの件で擦《こす》られるんでしょうね。郡野さんみたいに嫌な思いしてる人もいるのに、ずっと悪いことした人みたいに言われて、メールで抗議までされて……」

「いつまでも言われるよ、青海さん本人が出てこない限りはな」

それに土師さんが、諦め半分のトーンで答える。

「青海さんが一言『文山さんを叩いたところで私は引退を撤回しません』とでも言えば、アンチも矛を収めるかもな。結局、あの一件で溜まった鬱憤をぶつけられてるだけなんだよ」

「一度振り上げた拳を下ろすのは、たやすいことではないからね」

千賀さんも静かに言葉を添えた。

途端に古峰ちゃんも泣き出しそうな顔になる。打ちひしがれた様子で呟いた。

「理不尽すぎます。青海さんはそりゃマスコミに撮られたりもしてましたけど、なんだかんだで逃げられてるし、青海さんの元カレはむしろ得してるって話だし。文山さんの一人負けじゃないですか」

もちろん青海さんにも、彼女の恋人だった宗原さんにも失ったものが一切ないわけではないだろう。でも八年――もうじき九年の月日が経つ。普通なら風化していてもいいスキャンダルが今日まで引きずられ続けているのは、それが青海さんの引退の引き金になったと言われているからだ。その経緯も不鮮明なまま憶測ばかりが飛び交った結果が、今の文山さん叩きに繋がっているのだろう。

「私たちが郡野さんと文山さんのためにできるのは『マヨナカキッチン』をよりよい番組にすることだと思います」

私は自らを鼓舞するつもりで口を開く。

「そして来たる公開収録を成功させること。郡野さんにも、私たちが最高のステージを用意すると約束しました。必ずやり遂げ、郡野さんのお気持ちに応えたいです」

正直、打ち上げ後はへこみにへこんだ。帰り際の文山さんに不思議がられるくらいに取り繕えなかった。

だけど家に帰って寝て、ご飯を作って食べたら不思議と闘志が湧いてきた。私だって伊達に十四年この業界にいるわけじゃない。このくらいの悲しみも、理不尽も、痛いことだってこれまで山ほど乗り越えてきたのだ。

千賀さんが表情を和らげて頷く。

「そうだね。僕らにはそれしかない——頑張ろうじゃないか」

私よりはるかに修羅場を潜り抜けてきた先輩の言葉だ。間違いなかった。


七月の末、公開収録の日は朝から雲一つない晴天だった。

テレビ局の社屋を使った夏祭りイベントは一週間前に開幕しており、天候に恵まれているお蔭か例年以上の動員が見込まれるとのことだ。朝の情報番組でも連日のようにイベントの模様が放送されており、『マヨナカキッチン』の収録にもキー局から取材のテレビカメラが入ると聞いている。もちろん数秒程度のダイジェストがいいところだろうけど、地上波で全国ネットともなればいやでもテンションは上がった。

私は始発の小田急線に乗って現地入りした。普段なら新宿まで電車一本のところを何本か乗り継いで、ようやくテレビ局に辿り着く。品川住みの古峰ちゃんは私より先に着いていて、きらめく笑顔で出迎えてくれる。

「おはようございます！　テレビ局って近くていいですね！」

「いいなあ……本気で引っ越そうかな」

前乗りしてホテル泊も考えなくはなかった。だけどさすがは夏休み期間、準備に追われているうちに目ぼしいビジホはほとんど埋まってしまっている。宿泊料金も割高なので結局普通に家から来た。

「さっき、いつもテレビで観る女子アナさんを見かけたんですよ。すごくきれいでオーラが違いました！」

古峰ちゃんは滅多にないテレビ局での仕事に大はしゃぎしている。楽しそうにしてくれてよかった。

公開収録の会場となるブースはキャパ六百五十人の屋外ステージだ。前日にはここでアイドルグループのコンサートがあったそうで、客席となるスペースにはその名残である銀テープや紙吹雪が散らかっていた。今日の業務は会場の清掃、そして設営から始まる。朝六時の段階で気温は既に三十度近く、予想最高気温は三十七度とのことだ。海が近いので潮の香りはするものの、爽やかな空気とは程遠い。

「今日も暑くなりそうっすよね」

恵阪くんがTシャツの襟元を揺らし、潮風を迎え入れようとしている。今日のために発注した『マヨナカキッチン』スタッフTは黄色地に青で大きく番組ロゴが入っていた。恵阪くんはXLサイズをぶかっとゆるめに着こなしている。

「本番は暑い時間帯だからな。熱中症に気をつけないと」

そう話す来島さんも同じXLサイズだ。だけど上腕も胸もぱっつんぱっつんで、『マヨナカキッチン』のロゴが張り出して見える。

「もうワンサイズ上も頼んでおくべきでしたね」

私が思わず口を開くと、恵阪くんも感心した声を上げる。

「身体仕上がってますね！　やっぱりカメラ持ち続けてるからですか？」

すると来島さんは腕を振り上げ、力こぶを見せつけながら答えた。

「これが、野球パワーだ！」

「私、来島さんが次に何を言うか読めるようになってきました」

古峰ちゃんが冷静に言ったからか、恵阪くんが声を上げて笑い出す。午後に本番を控え、みんなに緊張の色はまだ見えない。

夏祭りイベント自体は午前十時開場だ。それまでに設営を済ませた私たちはスタッフミーティング、更にイベント運営会社やテレビ局との打ち合わせをこなした。イベント会場周辺には既に大勢のお客さんが訪れており、縁日風の出店やドラマ、アニメ番組のブースなどを楽しんでいるようだ。やはり家族連れが多いからか、子供たちの声がよく響いていた。

少し早めの昼食を挟み、午後一時には文山さんと郡野さんが会場入りした。本日の控室はステージ裏手のプレハブコンテナで、スペースの都合上二人で使っていただくことになる。冷房完備なことだけが救いだ。

「今日はよろしくお願いします」

控室に通された文山さんは、いい笑顔で私に頭を下げた。今日のコンディションもばっちりのようだ。

郡野さんはと言えば、

「あ！　それ、スタッフＴですか？」

私の着ているＴシャツを見て、朗らかに声を掛けてきた。

あれから顔を合わせる度、こうして普通に話しかけられている。打ち上げの夜のやり取りなんて忘れてしまったようにも見えた。実際、彼は結構酔っていたから忘れていてもおかしくはない。

「そうなんです。今日のために発注したもので……」

私も郡野さんにはなるべく平静を装って接するようにしていた。今のところ文山さんや向井さんには怪しまれていないようだし、私にも演技の才能があるのかもしれない。

「俺も着たいな。ね、遼生さん？」

郡野さんに水を向けられ、文山さんは何も気づかぬ様子で微笑んだ。

「確かにいいデザインですね。俺たちの分はないんですか？」

「余ってる分はありますよ。よろしければ、帰りにお渡ししますね」

スタッフTはいつも念のため、各サイズ余分に発注しておく。大抵の場合はそのまま余ってチルエイトの倉庫に保管された後、急な雨の日などの着替えとして使用された。文山さんと郡野さんのお土産にする分くらいはもちろんある。

多少の後ろめたさを覚えつつ、私は控室を後にする。去り際に郡野さんと文山さんの楽しげな会話が聞こえてきた。

「公開収録楽しみですね。一緒に頑張りましょうね！」

「ああ。お互い頑張ろう」

一瞬だけ振り返ると、プレハブの中に笑い合う二人を向井さんが静かに眺めているのが見える。プレハブ外の炎天下に飛び出した私からすれば、まるで別世界の光景のようだった。

公開収録のステージは午後二時に開場する。お客さんが入る前のステージ裏で、本番直前の私たちは円陣を組んだ。もちろん文山さんや郡野さんも一緒だ。

「今日はイベントでの公開収録ですが、やることはいつもと同じです。水分補給だけは忘れないようにして、最高のステージにしましょう」

まずプロデューサーの千賀さんが、優しい口調でみんなに語りかける。

「猛暑日の収録ということで体調管理と機材のオーバーヒートには気をつけてください。俺たちなら大丈夫、絶対上手くいく」

ディレクターの土師さんが言い聞かせるように宣言した後、文山さんの方を見た。

「文山さんと郡野さんからも、よければ一言ずつお願いします」

呼ばれて文山さんは一瞬目を瞠る。だけどすぐに頷いて、はきはきと言った。

「スタッフの皆さんを信じています。俺たちもそれに報いるパフォーマンスをしたいです」

それから郡野さんを促すように、彼に向かって目を細める。

文山さんを見上げる郡野さんの目に、その時、なんとも表現できない感情が揺らいだように見えた。もっともすぐに表情を引き締め、後に続く。

「俺も、遼生さんと同じ気持ちです。よろしくお願いします！」

ステージの幕が開いた。ここから先は、収録が終わるまで止まれない。

午後二時、開場し客席にお客さんが入り始めた。

チケットはソールドアウトしているので空席がないのが心強い。客層は視聴層とほぼ変わらず、九割以上が若い女性のようだ。時々彼女に連れられてきたらしい若い男性や、親子で来た姿なども見受けられた。

今日は公開収録で、やり直しの利かない一発撮りだ。万が一に備えてカメラは三台用意してある。オーバーヒートに備えてタープテントの下に置かれたメインカメラには既に電源が点《とも》っていた。もちろん収録中にはテントの外にカメラを持ち出す必要も出てくるので、来島さんはカメラにタオルを掛けている。

ステージ脇にはディレクター卓があり、土師さんと千賀さんはそこでモニターをチェックしていた。いつもの収録ならディレクターは演者さんから見て真正面に位置し、収録開始のキューからカットまで全て見えるように手で示す。だけど今日の会場は客席がほぼ平らに並んでおり、客席前に機材などを並べるとお客さんからステージが見えにくくなる。そのため最前列にプロンプターを置き、デジタルカンペで指示出しをすることになっていた。

一方、ステージ上には朝のうちに組まれたキッチンセットが置かれている。スタジオ収録のものと比べると簡素で、水道を組み込んだだけの大きなテーブル、という程度ではある。ただ蛇口を捻ればちゃんと水は出るし、今は一通りの調理器具も揃っていた。

ステージには大きなモニターも設置されていて、後方のお客さんにも文山さん、郡野さんの顔が見えるようになっていた。ここで二人が美味しい料理を作り、仲良く試食をする姿をお客さんにも楽しんでもらえたらと思う。

開場から二十分が過ぎ、客席が全て埋まった。ステージ脇には前説の芸人さんが待機し、いよいよイベントスタートというタイミングで、にわかに客席後方が騒がしくなった。

『後方から三列目の十二番。プラカードを掲げてる奴がいる』

インカム越しに土師さんの尖った声がする。

早々にこんな連絡が来るとは思わなかった。私は客席後方へ回って、言われた通りの位置にいる人物を発見する。

水色のTシャツを着た男性が一人、確かにスケッチブックサイズのプラカードを掲げていた。顔つきから三十代くらいと見られるその人は、一見こぎれいな風体で怪しさもない。ただ表情は確固たる信念を持っていると言わんばかりに得意げで、プラカードには聞き捨てならない文言が並んでいた。

『文山遼生は青海苑緒に謝罪し、番組を降板せよ』

周囲のお客さんは異常に気づき、うろんげな目で彼を見ている。しかし彼に怯む様子はない。

「メールの送り主かもしれないね。声を掛けようか？」

私はインカム越しに指示を仰いだ。

『いや、男が行った方がいい。惠阪が向かった』

その言葉通り、惠阪くんが客席に近づいていくのが見える。プラカードの男性はそれをちらりと見て、尚も腕を下ろさない。

『――あと、来島さんも行くって』

タープテントから、カメラをCAに任せて来島さんが飛び出してきた。

惠阪くんなら勝てそうだと思ったらしいプラカードの男性も、遅れてやってきた筋骨隆々の来島さんにはさすがに恐れをなしたようだ。たちまちプラカードを小脇に抱え、客席を離れて逃げ出そうとする。

「ま、待ってください！」

惠阪くんの制止も聞く耳持たず、客席から悲鳴が上がるのも構わずに、男性は一目散に走り出した。客席後方にある出口に向かい、そこに張っていた私の脇をすり抜けようとする。

「止まって！」

思わず上げた私の声も、当然ながら無視された。会場を飛び出し、本日も混み合う夏祭りの雑踏へ溶け込もうとする。

――逃げられる！

とっさに私は後を追う。インカムからは制止の声がした。

『いい！　浅生、深追いするな！』

「でも、釘を刺さないと！」

ここで逃げたふりをして、収録が始まってから戻って来られても困る。

それに、彼はきっとあのメールの送り主だ。顔を見た時に確信した。自分は絶対に正しいことをしていると信じて疑わない表情は、まさしく義憤に駆られた人物のものにしか見えない。

プラカードの彼は人混みにぶつかりながらも駆け抜けていく。彼が作る人波の隙間を、私は必死に追いかけた。

『インカムが届く範囲までだ、それ以上は追うなよ！　場所がわかったら知らせろ、すぐに応援をやる！』

明らかに怒りを含んだ声で土師さんは言う。

プラカードの彼は夏祭りを楽しむ集団を避けようとして、わずかによろけた。ちょうど露店が出ている区画で、通路は人でいっぱいだった。驚く人々の顔に気圧されるように、水色のTシャツの背中が露店のテントの陰へ転がり込んでいく。

私が後を追うと、彼はテント裏に打たれたペグに躓き、地面に倒れ込んだ。

「浅生さん！」

恵阪くんの声に振り向けば、ちょうど後から追い駆けてきてくれたようだった。私が手で示すとすぐに察してくれて、反対側から露店テントの裏手に回り込んだ。

挟み撃ちにされても尚、プラカードの男性は余裕の表情だった。笑みを浮かべながら立ち上がり、ゆっくりと砂を払ってみせる。

「――縁日風の露店の裏手。恵阪くんと一緒に追いついた」

インカムはまだ電波が届いていて、大袈裟なくらいの溜息が聞こえる。

『いいか、マイクを入れっぱなしにしておけ。それと穏便にお帰りいただくだけでいい。何してくるかわからないんだからくれぐれも相手を刺激するなよ、わかったな！』

私も、できればそうしたい。炎天下に走ったせいで汗だくだったし、息も切れている。

何より本番前なのでこれ以上の追いかけっこは避けたかった。

だけど向こうは臨戦態勢のようだ。プラカードを胸の前に抱え、いきなりこう宣言した。

「これは表現の自由、及び言論の自由です！」

彼の背後に立った恵阪くんが、意味がわからないと言いたげに顔を顰める。

「……は？」

「あなたがた、テレビの人でしょう？　メディアに関わる人間が一般市民の言論を封じるんですか？　文山遼生は身勝手な行為で青海さんを傷つけ、引退に追いやった。俺はそれを訴えていきます！」

また『テレビの人』と呼ばれてしまった。間違ってはいないけど、それだけで蔑《さげす》まれたり、疑われたりするのは納得いかない。

「メディアとしての良識がひとかけらでもあるなら、彼を降板させるべきです！」

そう叫んだプラカードの彼に、一息ついてから私は反論した。

「あなたが思うほど、テレビは自由じゃないんです」

もちろん言論は自由だ。彼には好きなことを言い、主張する権利がある。

だけどテレビ放送にはもっと厳格なルールと守るべき倫理がある。

「テレビには誰かを傷つけるような発言や主張は映せません。あなたの主張は、文山さん、郡野さん、今日見に来てくれたお客様、そして番組を観る視聴者の皆さんを傷つける。だからそのプラカードは誰にも見せないように、会場の外まで持ち帰ってください」

私の言葉を聞いた男性は、苛立たしげにこちらを睨む。

「青海さんが傷ついてるんですよ！」

「うちの番組の視聴者は関東圏だけでおよそ二百万人です。他地域で放送されている分、配信サイトでご覧の方も含めればそれ以上いらっしゃるんです。その人たちみんなを、あなたの行為が傷つけるんですよ」

もちろんその全ての人が文山さんのファンではない。彼を好いていないけど番組は観ている人も、中にはいるだろう。だけどその人たちだって、郡野さんが傷つき、悲しむことは絶対に嫌なはずだ。

「か、数の暴力に訴えたって――」

男性の反論が明らかにトーンダウンした。

その隙を狙ってか、惠阪くんは気安く彼の肩を叩く。

「もうやめましょうよ。名前騙ってうちにメールくれたのもあなたですよね？　あんまり酷くなったら青海さんに直接問い合わせるって、文山さんの事務所が言ってますよ。ほら、青海さんに迷惑掛かっちゃうんですよ」

畳みかけるような言葉に、ついに男性の顔から戦意が消えた。憑き物が落ちたように呆然とした彼は、プラカードを肩に掛けていたトートバッグに無造作に押し込む。そしてきまり悪そうにおざなりな会釈をした。

「……帰ります」

私と惠阪くんは、彼が会場の出口へ向かう姿を途中まで見送った。汗で濡れた水色のTシャツの背を丸め、すっかり意気消沈した様子の彼を見て、惠阪くんが呟く。

「あの人、拳下ろせたんですかね」

「そうだといいって思うよ」

結局、彼だって過去に囚われ傷ついている。義憤に駆られてチケットを買ってまでここへ来たくらいだ、そうそう怒りは収まらないだろう。でも少しは他の人の気持ちも考えてくれたらいい。

「なんか、かわいそうでもありますけどね。わざわざテレビ局まで来て、言えたことがあれだけって」

恵阪くんも私と同じことを思ったのかもしれない。声に憐れみと空しさが滲んでいる。

その時、インカムから声がした。

『浅生も恵阪も、そろそろ会場戻れ。前説終わるぞ』

そう言って、土師さんがまた溜息をつく。

『本番前に心臓に悪いことしやがって……』

「ごめんなさい……」

私が詫びると、恵阪くんが元気を取り戻したように声を張った。

「いいじゃないですか、無事だったんだし。あとは本番が上手くいけば結果オーライっすよ！」

まあ、のちほどある程度のお叱りを受けることは覚悟しておいた方がよさそうだけど
——気持ち切り替えて、まずは本番に臨もう。

『本日はお越しくださりありがとうございます。皆さんに会えてうれしいです！』

公開収録は、郡野さんのそんな挨拶から始まった。

マイクを通した声が響き渡ると、たちまちのうちに会場を黄色い歓声が埋め尽くす。ス

テージごと飲み込むような声の奔流に郡野さんも目を細めた。

『今日は初めてスタジオを飛び出し、こうして屋外でクッキングすることになりました。しかもお客さんの前でですよ。緊張します』

スタジオよりも強い照明を浴びた郡野さんは、いつも以上にきらきら輝いている。夏が似合う瑞々しい笑顔に、客席から眺めるファンの皆さんも笑みを浮かべていた。

ちなみに、収録前にぽっかりできた空席は現在、テレビ局の手が空いている方に座ってもらっている。さすがに空席を作るわけにはいかない。あんなことがあった後では尚更だ。

幸い収録前のひと騒動は尾を引くこともなかったようだった。プラカードの彼が逃げ出した直後は騒然となっていたようだけど、前説の芸人さんたちが上手く場を収めてくれたと聞いている。やはり前説は喋りのプロがやるのが一番いい。

『さあ、集まってくれた皆さんのためにも美味しいご飯を作りましょう。遼生さん、今日は何を作るんですか？』

そう言って、郡野さんがキッチンセットを振り返る。

色違いのコックコートを着た文山さんが、彼に向かって柔らかく微笑んだ。

『今日は暑い夏にぴったりの冷たい麺類にしよう。冷製ビーフンのカッペリーニ風だ。ソースも二種類作るから、ルカにも頑張ってもらうよ』

『はい！　今日も一緒に料理しましょうね！』

二人が笑い合うのを、私はステージ袖からハンドベルトカメラを構えながら撮影していた。メインカメラとは違って主に繋ぎのカットだったり、総集編に使う用の映像を収録する役目だ。ハンディとはいえ久々のカメラ仕事、実は少しだけ緊張している。

ここからはステージ上も客席もよく見通せた。文山さんと郡野さんの仲睦まじいやり取りにお客さんが沸くのも、調理を始めた二人にいつしか応援の声を掛けるようになっていくのも見ていることができた。

『まず一品目は大葉のジェノベーゼを作ります。ルカはこのフライパンでクルミを乾煎《からい》りして』

文山さんの言葉に、郡野さんはフライパンをＩＨ調理器に掛け、クルミを煎り始める。

一方、文山さんは洗った大葉の水気を拭き取り、ニンニクひとかけを包丁で薄く切った。

それからフードプロセッサーを用意して、大葉とクルミ、スライスしたニンニクの半量、それにオリーブオイルと粉チーズを全て入れる。

『じゃあスイッチを入れるよ。ルカ、蓋を押さえて』

『はい。――わわっ』

激しく振動するフードプロセッサーに郡野さんが思わず声を上げる場面では、その愛らしさに笑い声も起こった。予算が足りず、ちょっと年季の入った調理器具ばかり揃えてしまったからかもしれない。

『これでソース一品が完成です』

『もう出来上がりなんですか？　すごく早いですね！』

とろりとしたジェノベーゼソースを眺め、郡野さんは驚きに目を丸くしている。青々とした大葉をそのまま使ったソースは、照明を浴びて光沢のある美しいグリーンだった。

『もう一品も作っていこう。冷製ペペロンチーノだ』

先程スライスした残りのニンニクと鷹の爪をフライパンに入れ、更にオイルサーディンを油ごと入れてじっくり香りを出す。香りが立ってきたら種を取り除き軽く叩いた梅干を合わせて軽く和《あ》える。

ステージ上からは本当に美味しそうなニンニクの香りが漂ってきて、客席からは羨ましそうな溜息が漏れ出した。私もちょっとお腹が空いてくる。

『本当はこれを冷蔵庫で少し冷やすんだけど、今日は容器ごと氷水で冷やしておこう』

『冷たそうで羨ましいです。一緒に浸かりたいな』

氷が解けて、からんという音をマイクが拾った。

『あとはビーフンを電子レンジで戻していくよ。鍋で茹でるより暑くなくていい』

レンチンビーフンの作り方は私も知っている。耐熱容器に水とビーフンを入れて加熱するだけだ。ビーフンは火の通し方にムラが生じやすいので、二回に分けて加熱する方が確実性が高い。

レンジで二度加熱したビーフンを氷水できゅっと締めたら、冷製ビーフンになる。文山さんはそれを二皿に分けると、それぞれをジェノベーゼソース、ペペロンチーノソースでさっと和えた。

若葉のような鮮やかなグリーンが目にも美味しそうなジェノベーゼ、そしてつやつやとしたオイルをまとった赤い梅肉とサーディンを散らしたペペロンチーノ、二種の冷製ビーフンカッペリーニ風が出来上がった。二品の完成は客席からも万雷の拍手で迎えられ、最後には郡野さんと文山さんが仲良く試食もしてみせる。

『美味しい！　大葉のすごくいい香りがしますね。麺もアルデンテですごく好みです！』

郡野さんがジェノベーゼビーフンを食べて目を輝かせるのを、文山さんはおかしそうに眺めていた。それから黙って紙ナプキンでその口元を拭いてあげると、郡野さんが恥ずかしそうにはにかんだ。

仲がよさそうで、お互いに思い合っていて、でもそれ以上にたくさんのものを背負っていて――そんな二人のことを、私はどんなふうに見ていていいのかわからない。

ただ、二人が作る料理も心から楽しんでくれるお客さんを見ていれば、私がやるべきことは自ずとわかる。迷うこともなく、一つきりしかない。

最後にコラボメニューの告知をして、公開収録は幕を下ろす。

『露店で今日作ったメニューのアレンジ版が販売されています。よかったら是非お召し上がりください』

郡野さんがそう言って、客席に向かって大きく手を振った。

『本日はお越しくださりありがとうございました！　楽しかったです！』

文山さんもその隣に並んでお辞儀をする。郡野さんよりも控えめな笑顔には、それでも今日の仕事をやり遂げた満足感が浮かんでいるような気がした。

実際、今日のステージは成功と言っていいだろう。客席を楽しませ、笑顔にしたことは間違いない。調理工程にもミスはなかったし、時間通りスムーズに終わった。あとは映像や音声がきちんと撮れているかどうかだけど――少なくとも私のハンディはバッテリーも切れずに仕事をやり遂げてくれたようだ。

『浅生さん、三分後にお客様退場の誘導をします』

インカムから古峰ちゃんの声がする。

「わかった。ハンディ置いたらそっちに行くよ」

『お願いします』

次の仕事はお帰りになるお客様の誘導だ。この会場にも次の予定があるので収録終了後は速やかに退場してもらわなくてはいけない。もちろん私たちの撤収も急ぐ必要があった。

ステージ脇の機材置き場にハンドベルトカメラを置く。その時、ステージを下りてきた文山さんと目が合った。彼が私に気づいてほんの少し笑いかけてくれたから、私も笑って会釈を返す。お疲れ様でした、の気持ちを込めて。

公開収録は無事に終了した。

反省点としては、危険な行動を取った私が土師さんに割とガチめの説教を食らい、しかもその模様を古峰ちゃんや惠阪くんたちに傍で見られたこと、公開収録の撮れ高がよすぎて逆に編集が難航し、結局二週連続の放送になってしまいそうなこと、コラボメニューの価格が高すぎるとネットニュースに書かれたこと、くらいのものだ。最後の一点については私たちが設定したわけではないし、番組側に言われても困る話だった。

ただ、それらも後になってみれば些細なことだ。

八月に入って少し経ったある日、私は向井さんから連絡を受けた。収録スケジュールについての話かと思いきや、彼女の声はいやに緊迫していた。

『お知らせがギリギリになり申し訳ありません。来週、文山がドキュメンタリー番組にインタビュー出演します』

「え……どういうことですか？」

何の話かわからずに聞き返せば、向井さんは少しだけ声を鋭くした。

『実は、青海さんの引退の経緯について取り上げたドキュメンタリー番組が作られていたそうなんです。芸能事務所の労働問題を主題とした番組で、彼女が自ら出演し当時の真相を語るということで、証人として文山にもオファーがありました。チルエイト様にもいくらかの影響を及ぼす可能性があると思い、事前にご連絡した次第です』

出てくる言葉の全てが強力すぎて、一気に頭が混乱した。

青海さんがテレビに姿を見せるのは何年ぶりになるのだろう。そして文山さんが証人に――。

「あ、あの、大丈夫なんですか。文山さんは」

何もかもが抜け落ちた頭の中、私は真っ先に彼を案じた。もちろん向井さんがそれを蔑《ないがし》ろにしているはずもないとわかってはいたけど、尋ねずにはいられなかった。

『ええ。本人は承知の上です』

向井さんの声にはどこか、迷いの色があるようにも聞こえる。

『青海さんはずっと、ご自身のせいで文山さんに非難や中傷が続いていることに心を痛めていたそうで……大分遅くはなりましたが、弁明の機会を設けたいとのことでした』

だとしても、なぜ今という思いはある。

彼女の元にもあのプラカードや、番組宛ての抗議メールの話が届いたのだろうか。私の疑問に、直後の向井さんの言葉が答えてくれた。

『もしかすると、私のせいかもしれないんです』

懺悔のような口調で彼女は続ける。

『公開収録で不審人物が現れた件について、私は改めて先方の事務所に問い合わせたんです。その時に少し、口論になってしまって。あちらからすれば謂《いわ》れのない嫌疑ですから当然ですが、うちにとっても死活問題でしたから、ついかっとなって……』

ついかっとなる向井さんの姿は、私には全く想像できない。ただ事情を話す彼女の声は微かに震えており、紛れもない事実であることも伝わってきた。

『打ち上げの夜に、郡野が文山とクレープを食べに行きたいと言っていて』

覚えている。原宿に行きたいと誘った郡野さんを、文山さんはやんわりたしなめていた。

『私、悔しくなったんです。そんなささやかな願いも叶わないことを文山はしたのかって思って、それで――』

電話の向こうで啜り上げる音がして、どきっとする。

あの向井さんが泣くほど思い詰めているなんて、文山さん、そして郡野さんは知っているのだろうか。

『……すみません』

涙声で詫びた後、無理やり気を張ったように向井さんは続けた。

『ドキュメンタリーの影響がどれほどあるかは私にもわかりません。このことで文山が世間から許されるようになるのかどうかも。私からは、ご迷惑をお掛けしますとしか申し上げられません……』

一寸先も見通せないのがこの世界だ。誰が叩かれ誰が持ち上げられ、そしてどんな事例が炎上するのか、潮目を完全に読むことは千賀さんにだって不可能だろう。

私にできるのは、文山さんの覚悟を受け止めることだけだ。

「文山さんの決断なら、きっと間違いないはずです」

あの人はもう判断を二度と間違ったりはしない。

「ですから私どもは大丈夫です。文山さんを信じ、見守ります」

『ありがとうございます。勝手なお願いとは存じますが、今後とも文山をよろしくお願いいたします』

ふり絞るような声の向井さんは、懇願の言葉を最後に電話を切った。


ドキュメンタリー番組の放送日、私は会社で、みんなと一緒にそれを観た。

一緒に観ようと約束をしたわけではないし、千賀さんから観るようにとお達しがあったわけでもない。ただ放送時刻の午後七時半になると誰かが自然とテレビを点け、仕事の手を止めて放送を見守った。

三十八歳になった青海苑緒は、ドキュメンタリーというありのままを映す番組の中でも美しかった。長い髪は絹糸みたいに艶があり、控えめなメイクでも際立つ整った顔立ちをしている。ただ映し方のせいなのか表情には拭いきれない陰があり、常に伏し目がちでもあった。

『正直に言えば私は、女優になったその年には既に引退を考えていたんです。憧れていた頃と比べて、現実はあまりにも過酷で、そして大切にしてもらえない場所でした』

彼女の声を聞いたのもいつ以来か思い出せない。発声法をもう忘れてしまったのか、か細く、儚げな声をしている。

『事務所とは何度も対立しました。売れない私に少しでも露出をさせようと仕事を増やしてくれたのは、親心だと思っています。だけど私にはそうして与えられる無意味な仕事こそが辛く、何度も辞めてしまおうと思ったんです。しかし、辞めたいと訴えても笑い飛ばされ、宥《なだ》められるばかりで――』

一週間のうち一度も休みのない日が続いた。睡眠時間さえ削る仕事が舞い込み、やっと得られたわずかな時間でもなかなか寝つけない日々だったと彼女は言う。

『ある時、私に映画主演のオファーがあったんです。それが九年前のあの出来事でした』

映画撮影のための仕事がどっと増えた。打ち合わせや顔合わせという名の会食、厳しい演技指導やレッスン、役柄に合わせるために減量も余儀なくされた。止まれないスケジュールに押し流されるばかりだった青海さんは、やがて自らの手で終わりを選んだ。

『スキャンダルを起こせば映画の話は消える。そう考えられるまで追い詰められていた私はあの日、昔からの俳優仲間で知名度もあった文山さんを、自分のマンションに呼び出しました。同時に週刊誌記者に情報を流し、出入りするところを撮らせたんです』

「え……っ」

古峰ちゃんが小さな声を漏らすのが聞こえた。

私はテレビから目を離せない。文山さんからもかつて聞いていた、あの日の真相が詳《つまび》らかにされようとしている。

『当時の私には交際を報じられている別の相手がいましたから、それは私のイメージダウンに繋がり、ひいては降板にも繋がるだろうと考えたんです。結果的に私の目論見は予想外の形で成功しました。世間の目が文山さんにばかり注がれたことで、私は映画の降板はもちろん、芸能界からもすんなりと逃げることができました。当然、事務所からは破門のような形でしたし、多くの人に叱られましたが――』

青海苑緒の引退は唐突だった。まるで雲隠れするみたいに忽然と消えた。

だからこそ世論は文山さんを批判した。行き場のない感情全てをぶつけるみたいに。

『ただ、スケープゴートにする格好になってしまった文山さんには、申し訳ないと思っています。彼が批判にさらされる度に胸が痛みましたし、あれから彼のことを考えない日は一日たりともありませんでした……』

テレビの中で、青海さんが涙を零す。

透き通った雫がなめらかな頬を伝う、映画のワンシーンのように美しい涙だった。

『謝れるものなら謝りたい。だけど謝ったとしても償えるものではありません。私にできることは未だに残っている芸能界の悪しき慣習、過酷な労働環境の是正を訴えていくこと。それしかないと思っているんです』

カメラが切り替わる。

スイッチングされた先には文山さんがいて、椅子に座ってじっと一点を見つめていた。インタビューを受ける彼の顔はやはりいつもより暗く、カメラに一切目線を向けないのが印象的だ。

『当時は理不尽だと思いました。どうして自分がこんな目に遭うのか、何か間違ったことをしたのかと自問自答する日々でした』

聞き慣れた文山さんの声が、感情を込めずに淡々と語る。

『しかし今となっては青海さんに同情さえ抱いています。彼女が出していたＳＯＳにもっと早く気づき、対処ができていれば、ここまでの事態には発展しなかったかもしれません』

カメラはその後スタジオへと移り、しかつめらしい顔のアナウンサーが深刻そうにこう言った。

『かねてから取りざたされている一部芸能事務所による劣悪な労働環境、青海さんの引退騒動はそれがもたらした悲劇と言えるのかもしれません。ある意味では旧時代の負の遺産とも言えるこの歪みを、芸能界は正していくことができるのか。私たちは注視していくべきだと思います』

番組が終わると、チルエイトのオフィスは水を打ったように静まり返る。

誰も口を利けなくなっていた。衝撃的な事実をテレビ越しにぶつけられ、そのあまりの大きさに頭が追いつかなかったのかもしれない。

私はその話をかつて文山さんから聞いていたけど、それでも事実として報じられたことを受け止めきれなかった。

「……すごい話だね。文山さん、全くの貰い事故じゃないか」

やがて、千賀さんが口火を切るのが聞こえた。

「それに青海さんがそこまで追い詰められていたとは……いやしかし、だからって……」

それをきっかけに、みんなが次々と声を上げる。

「スケープゴートになってしまったって、よく平然と自白できたな」

「これって、どうなるんですか？　労働問題にシフトするんですか？」

「文山さんを叩いてきた人たちはなんて言うんでしょうね、これ」

「こりゃ明日のワイドショーはこれ一色だな。世論がどう転ぶかだが……」

ただ言葉にはどこかキレがない。みんなだって理不尽すぎる現実を受け止められないのだろう。世間の人々がこの事実を知った時どんな反応をするか、読めないのがまた恐ろしい。

伏せたまま起き上がれない私の頭上に、ふと影が差すのがわかった。

「浅生、大丈夫かい？」

千賀さんだ。気遣わしげな声に、今は起き上がる力も湧かなかった。

「わかりません……私、どういうふうに捉えたらいいのか……」

青海さんへの同情の気持ちがまるでないとは言わない。彼女だって苦しい中思い悩んだのだろうし、理解できないと切って捨てることはできなかった。

ただ、怒りの気持ちも確かにある。

彼女の衝動的な行動は文山さんから多くのものを奪い、彼を地獄のような日々に叩き落とした。そうして九年間もずっと彼を偽りの事実に晒してきたのだ。

文山さんが苦しんだ九年間は彼だけのものではない。彼に寄り添い共に苦しんだ向井さんもいる。人知れず傷つき続けていた郡野さんもいる。姿を見せなくなったファンの人々も、結婚式に弟を呼べなかったお姉さんも、マスコミに追われることもあっただろう関係者も——それらを思うと、到底許せるものではない。

こういう時に湧き上がる怒りを義憤というのだろう。文山さんは何も間違っていない、なのにどうして、そう叫びたくなる怒りが人を駆り立て、衝き動かすのだろう。今更のように私はプラカードを持ってきた青年の気持ちがわかってしまい、そのことにも絶望していた。

「君は言っただろう。自分たちにできるのは文山さんと郡野さんのために、よりよい番組を作ることだって」

千賀さんは励ましの言葉を掛けてくれようとしている。

「僕らにはそれしかないんだ。だから君も、あまり考えすぎないように」

「そう、ですよね……」

結局、私にはそれしかない。まさか私までプラカードを掲げて青海さんに会いに行くわけにもいかないし、今まで通りに仕事をするしかないのだ。こんなことで折れている場合じゃない、それもわかっていたけど――。

「いや、千賀さん。そうじゃないです」

ふと土師さんが、珍しく千賀さんに異を唱えた。

「文山さんたちのためにいい番組を作ることが、俺たちならできるんです」

そしてびっくりするほど声を張り上げる。

「しっかりしろよ浅生、ギャラクシー賞を獲るんだろ！」

私は黙って息を呑んだ。

一秒置いて、惠阪くんの声が続く。

「そうですよ！　浅生さんが言ったんじゃないですか、獲れるかどうかじゃなくて獲ろうとする気持ちが大事だって。文山さんのために、郡野さんのために、そういう番組作りましょう！」

すぐに、古峰ちゃんの声も聞こえた。

「もう『マヨナカキッチンなんて観たことない』なんて誰にも言わせないようにしてやりましょうよ！　そのくらいまでいけば、歴代受賞作とも堂々と肩並べられます！」

打ち上げの夜に、酔った勢いで言ったことだ。人によっては、また調子のいいことを言ってと思われるかもしれない。みんなの気分を乗らせるための出任せだって思う人もいるかもしれない。

だけど今の私には、それが遠くに点る希望の灯みたいに思えた。

獲れるかどうかじゃない。獲ろうとする気持ちが、『マヨナカキッチン』をよりよいものにするのだ。そしていつかは夢みたいな言葉すら叶う日がやってくるかもしれなかった。その希望さえあれば、どこまでも突っ走っていけるような気がした。

顔を上げる。

感情の乱高下のせいで視界が曇り、みんなの顔がよく見えない。妹の結婚式ならともかく、いい大人がこんなことで泣くなんて馬鹿みたいだ。だから無理やり目元を拭って、頷いた。

「――もちろん、獲るに決まってるよ」

ドキュメンタリーの放送があった翌日の夜、私は家で大葉ジェノベーゼを作っていた。我が家にはフードプロセッサーがない。あれば便利そうだなと思うけど、使った後に洗うのが面倒かもなという気持ちが強くて購入までに至らなかった。なので例によってキッチンバサミで大葉を切る。

洗って水気をよく拭き取った大葉を重ねて、ハサミでまず細く切り込みを入れた。それから縦と横を入れ替えて、それこそ紙吹雪を作る要領でごく細かくしていく。春先に文山さんと、玉ネギをこうしてみじん切りにしたな——なんてことも思い出しながら。

クルミの乾煎りはちょっと面倒なので、カシューナッツを買ってみた。これをポリ袋に入れて粉々に砕き、切り刻まれた大葉とチューブのニンニク、粉チーズとオリーブオイルを混ぜ合わせれば、大葉ジェノベーゼソースの完成だ。やはりフープロを使った時ほどなめらかなソースではないものの、緑の色は濃く美しく、更に香りも素晴らしい。大葉の存在感をより深く味わうならキッチンバサミの方がいいかもしれない。

あとはレンジでビーフンを加熱し、冷水できゅっと締めれば夜食の準備は完了だ。

私は物撮りを終えた後、お皿を持ってノートパソコンの前に座る。念のために鏡で前髪メイク服装をチェックして、忘れずにリングライトも点けて、それから文山さんに連絡を入れた。

『こんばんは、浅生さん』

　ウェブ会議サービスの映像はテレビカメラよりも解像度が低く、クリアさでは劣る。だけど先日のドキュメンタリーよりも晴れやかな笑顔が画面に映ると、こちらの方がいいなとしみじみ思った。

「こんばんは。今夜はあのジェノベーゼを作ってみたんです」

『あ、もしかして大葉の？　上手くできた？』

「はい。うちにはフープロないので、ハサミで作ったんですけど」

『ジェノベーゼも？　すごいな、さすがは浅生さんだ』

　おかしそうに噴き出す文山さんは、いつもと変わらないように見える。あの番組を観てから初めて顔を合わせるだけに、ほっとする反面、心配な気持ちもあった。私は複雑な内心をごまかすようにジェノベーゼビーフンを口に運ぶ。

　気がつけば文山さんと話をする時、夜食を用意しておくのが当たり前になっていた。それはまだ話をするのに慣れていなくて気を紛らわせたいからでもあるし、共通の話題を用意しておきたいからでもある。でも一番の理由は、料理をすることで私の気持ちが落ち着くからだ。キッチンバサミを使ってご飯を作る時間はあまり余計なことを考えなくて済むし、純粋に出来上がるまで楽しみにしていられる。その先に待っている緊張のひとときを、料理のお蔭でいつもワンクッション置いてから迎えることができた。

今夜は特に、何から話していいかわからないから。

『そういえば――』

文山さんが何か切り出そうとしたので、私は思わず背筋を伸ばす。

「は、はい」

『浅生さん、今夜も敬語なんだな』

思っていたのと違う話題に、ちょっとうろたえた。

「あっ、なんていうか、私にとって文山さん――というかタレントさんって皆さん、雲の上の存在みたいなものなので、なかなかオンオフの切り替えが難しくて……」

十四年間叩きこまれたその感覚はどうしても消すことができない。そう考えると私は言われた通り、生粋《きっすい》の『テレビの人』なんだろう。

文山さんは少し不満げに視線を遠くへ投げる。

『俺にとっては、浅生さんはずっと浅生さんだけどな』

「どういうことですか？」

『仕事で会う時もこうして話をする時も、裏表なくずっと同じ人に見える。オンオフとかなしに、ただ二人きりだから普通に話してる感覚かな。浅生さんもそういうふうに捉えてくれたら嬉しいんだけど』

正直、自分でもオンオフのできていない人間だとは思っていた。気がつくといつでも仕事のことを考えているし、それが楽しいのも事実だ。

それなら、文山さんはどうなんだろう。仕事で会う時の彼と、こうして二人だけで話をする時の彼に違いはあるだろうか。私にはまだそれが見つけられていなかった。

「なるべく、善処します」

頷いた私を見て、文山さんは苦笑する。

『じゃあ、今夜のうちに』

なかなか難しい課題を出されてしまった。だったら例の件については、早めに切り出す方がよさそうだ。

私は自作のジェノベーゼをもう一口食べる。大葉の風味が鮮やかなジェノベーゼは爽やかながら濃厚な味わいで、アルデンテのような冷たいビーフンとも相性がよかった。ハサミで刻んだお萩でしゃきっとした食感と豊かな香りもあり、私はこちらの方が好きかもしれない。夏にふさわしい味がする。

「……あのドキュメンタリー、観ましたよ」

本題を口にした瞬間、文山さんも複雑そうに笑みを消した。

『そうか。どうだった?』

一晩置いて、いくらかは頭も冷えている。

メディア側の人間として、青海さんの告発は重く受け止めなければならない。と同時にこれからは私たち制作スタッフに向けられる視線も厳しいものになるだろう。『マヨナカキッチン』も例外ではない。

「私たちメディアがすべきなのは、この事態を他山の石とすることだと思います。制作の現場も今まで通りというわけにはいかなくなるでしょう」

そう告げたら、彼は静かに目をつむった。

『だろうな、きっといろんなことが変わる』

「いい方に変わってくれたらと思います。じゃないと文山さんが報われません」

『本当だよな。報道じゃみんな青海さんの話で持ち切りだけど、俺をあんなに批判してたことはもう忘れたみたいだ』

一晩経ち、青海苑緒の告白は大きな反響を呼んでいた。ワイドショーでは彼女の発言がセンセーショナルに取り上げられていたそうで、メディアでの反応は目下賛否両論といったところだ。彼女の行動を卑劣だと非難する声もあれば、そこまで追い詰めた事務所の責任だと言い張る声もある。そもそも青海さんの発言の信憑性を疑う向きもあり、情勢は見通せそうにない。

一方でネットなどの世論は青海さんに同情的な声が大きいようだ。働き方改革が叫ばれている昨今、彼女の置かれた境遇を鑑みれば致し方ないと庇う人が多く、非難の声は彼女が所属していた事務所へと向けられている。元恋人である宗原さんを叩く人も散見され始め、宗原さんサイドは近日中に反論を上げると発表している。

また、メディアの責任を問う声も上がっていた。芸能界の劣悪な労働環境は撮影現場の過密スケジュールによるものもある、というのだ。芸能人に激務を強いているのは事務所だけではなく、彼らを使い番組や映画等を制作するメディア側でもあるのに、なぜ第三者のように批判ができるのか。本当に意識改革をすべきなのはメディアの方ではないか――そういった意見も確かにあり、私たち制作会社にとっても他人事ではなくなっている。

かつての恋愛スキャンダルは社会問題に形を変えて、もうしばらく尾を引くだろうというのが千賀さんの見通しだ。文山さんの身辺が落ち着くのももう少し先になるだろう。

『ただ俺としては、これで少しは風向きが変わるならありがたいよ。向井の大反対を押し切って出演を決めた甲斐もあった』

文山さんは記憶を手繰っているのか、なんとも複雑な顔をする。

『この件で向井には相当な心労を掛けたけど……今後は事務所も含めて、仕事で恩返しができればと思う』

ふと、私は向井さんがあの番組を観た後、何を思ったのかが気になった。あれだけ動揺していた彼女が、何事もなかったように文山さんに接するとは思えなかったからだ。でもさすがに、文山さんに尋ねる勇気はなかった。

「これからはお仕事が増えるかもしれませんね」

『どうかな。今のところはワイドショー以外のオファーは来ていないらしいけど』

「私は文山さんにもっと活躍して欲しいです。これまでの分を取り返すくらいにいろんな仕事が来て、酷い目に遭ったことを忘れられるくらいに幸せになって欲しいです」

打ち上げの夜に千賀さんが言ったように、『あの人が深夜番組に出ていたなんて』と思われる日が本当に来て欲しい。文山さんはもっと陽の光を浴びてもいい人だ。今のままくすぶっているなんて絶対にもったいない。その方が向井さん、そして郡野さんだって喜ぶはずだった。

私の言葉をどう思ったか、文山さんは面映ゆそうに口元をほころばせる。

『その前に、浅生さんたちとギャラクシー賞を獲らないと』

一瞬、耳を疑った。

「えっ⁉ な、な、なんでその話を――」

『打ち上げの日に皆さんで楽しそうに話してただろ？ 聞こえてたよ』

文山さんはちょっとだけ拗ねたように続ける。

『俺も交ざりたかったな。郡野も聞いてて、叶ったらいいですねって言ってた』

郡野さんまで――どう思われたか、とても気になった。彼ならやっぱり、テレビの人らしい大言壮語だと思っただろうか。それとも少しくらいは本当に、叶えばいいと思ってくれただろうか。

『もちろん俺も仕事が増えて欲しいし、これからいいことばかり起きて欲しい。でも幸せというなら今、浅生さんたちとこの番組に携われていることが幸せなんだ。いつも、本当にありがとう』

その言葉に、私は黙って息をつく。

誰かを幸せにするなんて、私には荷が重いと思っていた。

でもこの仕事では、文山さんを幸せにできるかもしれない。それだってたやすいことではないけど、やってみたいと思った。決して不可能ではないし、楽しくて充実している最高の仕事だ。

「……こちらこそ。ご一緒できて、本当に幸せです」

私が頭を下げると、すかさず駄目出しが入る。

『そこは敬語抜きで言って欲しかったな』

「あの、どうしても癖が抜けないというか……」

『じゃあ、次の言葉には普通に答えて』

そう要求した文山さんが、画面の中で居住まいを正した。

『先の話だけど——浅生さんに、また別の形で俺の番組を作って欲しいんだ』

「私に？」

『ああ。見せてもらった街ブラ番組、すごく面白かった。あんなふうに浅生さんと仕事ができたらと思う。いつになるかわからないけど、もし叶いそうだったらお願いできるかな』

つまりそれは私にディレクターをやって欲しい、ということだろう。

思いがけないオファーに息が詰まる。現在はAPとして業務をしている私だ。頼りになる同期もいるし、次代を担う後輩もいるし、しばらくはディレクターとしての仕事が回ってくることもないだろう。番組はスポンサーがいなければ成立しないし、決定権はテレビ局側にあるし、また文山さんを使いたいと言って許可が下りるかどうかはわからない。でも今の時代、テレビだけが番組の媒体ではないのだし、叶わない夢ではないはずだ。

そのためにはカメラの腕を磨いておく必要もあるし、ディレクションを一から学び直しておくべきかもしれない。道のりは果てしなく遠い——でも、できるかどうかではない。やるんだ。その希望で、私はどこまでも突っ走っていける。

決意を胸に、私は答えた。

「いいよ、引き受ける」

ぎこちない答え方だったと思う。それでもモニター内で文山さんは、収録中でも見せないような最高の笑顔を見せた。

『その日が待ち遠しいな』

この顔を曇らせるものか。絶対に叶えてみせる。

◆この作品はフィクションです。実在の人物、団体等には一切関係ありません。

◆本書は双葉文庫のために書き下ろされました。

双葉文庫

も-20-02

マヨナカキッチン収録中《しゅうろくちゅう》！ 2

2024年2月14日　第1刷発行

【著者】

森崎緩《もりさきゆるか》



【発行者】

箕浦克史

【発行所】

株式会社双葉社

〒162-8540 東京都新宿区東五軒町3番28号
［電話］03-5261-4818(営業部)　03-5261-4833(編集部)
www.futabasha.co.jp(双葉社の書籍・コミックが買えます)

【印刷所】

中央精版印刷株式会社

【製本所】

中央精版印刷株式会社

【フォーマット・デザイン】

日下潤一



ISBN978-4-575-52729-2 C0193
Printed in Japan

**FUTABA BUNKO**

# マヨナカキッチン収録中！

Recording, Mayonaka Kitchen is in progress!

Yuruka Morisaki
森崎 緩

テレビ番組制作会社で働く浅生霧歌は、深夜の料理番組『マヨナカキッチン』のアシスタントプロデューサーだ。多忙な毎日に「このままでいいのかな？」と迷いを抱えつつ、誰かの心に残る番組を作りたいと仕事に奔走する浅生。けれど不機嫌な出演者、ロケでの連絡ミス、深夜におよぶ編集作業……番組制作の現場にはトラブルが付き物だ。そんな時、浅生は得意の時短料理でいざこざを解決していく。働くすべての人に贈る、お仕事×お料理ストーリー第1弾！

発行・株式会社　双葉社